Ingeborg Reinhold

Kleine Weihnachtswunder

Ingeborg Reinhold

Kleine Weihnachtswunder

BRUNNEN
Verlag GmbH · Giessen

MIX
Papier aus verantwortungsvollen Quellen
FSC® C083411
www.fsc.org

1. Taschenbuchausgabe 2016

www.brunnen-verlag.de
Lektorat: Eva-Maria Busch
Umschlagillustration: Shutterstock
Umschlaggestaltung: Daniela Sprenger
Satz: DTP Brunnen
Druck: CPI – Ebner und Spiegel, Ulm
ISBN978-3-7655-4301-2

Inhalt

Nikolausgrüße

„Bis heute Abend dann, Carola“, verabschiedet sich Stefan von seiner Frau und küsst sie zärtlich auf die Nasenspitze, bevor er die Wohnungstür hinter sich schließt.

Carola muss lächeln, sie mag es, wenn Stefan ihre Nase küsst. Schade, dass er heute Dienst hat, aber Krankenpfleger werden eben auch am Wochenende gebraucht. Na gut, sie wird den Samstag zum Plätzchenbacken nutzen, dabei ist sie sowieso am liebsten allein. In einer Zeitschrift hat sie unlängst ein paar neue Rezepte entdeckt, die will sie gern ausprobieren.

Als Carolas Blick zufällig den Kalender streift, hält sie inne. Heute ist der 5. Dezember, morgen also Nikolaustag. Nun, die kleinen Päckchen an die Kinder in der Familie hat sie rechtzeitig abgeschickt, mehr gibt es in Bezug auf Nikolaus hier in der neuen Wohnung für sie nicht zu tun.

Bis letztes Jahr ist das anders gewesen. Da haben sie noch in einem Haus mit fünf weiteren Familien gewohnt, die sich seit Jahren, nein, seit Jahrzehnten kannten. Während der Urlaubszeit holte man die Post der verreisten Nachbarn aus dem Briefkasten und nahm die Balkonblumen gegenseitig in Pflege. Man kaufte füreinander ein, wenn es jemandem mal nicht so gut ging, und im Sommer wurde auf dem Wäscheplatz hinter dem Haus gemeinsam gegrillt.

Zur festen Tradition ihrer Hausgemeinschaft gehörte es auch, dass Carola jedes Jahr am Nikolaustag den anderen fünf Familien eine kleine Überraschung an die Tür hängte. Nicht viel, ein paar Schokoladen- oder Marzipanpralinen, eine kleine Kerze oder einen selbst gebastelten Strohstern, immer geschmückt mit einem grünen Tannenzweig. Jeder hatte sich über diese Kleinigkeit gefreut.

Aber das ist nun vorbei. Weil die Kinder inzwischen aus dem Haus sind und eigene Familien gegründet haben, brauchen Stefan und Carola keine vier Zimmer mehr. Und darum sind sie vor einigen Monaten in eine kleinere Wohnung umgezogen.

Hier in der Steinstraße haben sie ein schönes neues Zuhause gefunden, aber die Mitbewohner sind ihnen bis heute fremd geblieben. Nicht nur ihnen ergeht es so. Die Mieter scheinen alle keinen Kontakt untereinander zu haben. Man grüßt zwar höflich, wenn man sich im Treppenhaus begegnet, aber das war es auch schon. Nicht einmal über das Wetter wird geredet.

Schade, denkt Carola, da kann man eben nichts machen. Aber wieso eigentlich nicht? Es käme auf einen Versuch an. Plötzlich hat sie eine Idee …

Carola lässt die aufwendigen neuen Rezepte für später liegen und backt die vertrauten Weihnachtsplätzchen. Das geht schnell, da braucht sie gar nicht erst ins Rezept zu schauen.

Dann kramt sie die große Bastelkiste unter ihrem Bett hervor. Irgendwo zwischen bunten Stoffstücken, Garnknäueln, Bändern und allerlei verschiedenen Papierresten muss sie noch eine Rolle Goldfaden und eine ausgediente Pralinenschachtel mit Bastelstroh haben.

Tatsächlich, die Schachtel lacht ihr schon entgegen, als sie den Deckel abnimmt, und den Goldfaden hat sie auch bald gefunden. Carola zündet sich eine dicke rote Adventskerze an und stellt sie auf den Küchentisch, legt das Bastelstroh, die Fadenrolle und eine Schere daneben. Bevor sie sich an den Tisch setzt, legt sie noch eine CD mit Weihnachtsliedern ein.

Laut und fröhlich singt sie mit, dabei bastelt sie mit geschickten Händen acht Strohsterne. Sie bindet die Halme mit dem Goldfaden zusammen, beschneidet sie zum Schluss behutsam und filigran. Jeder Stern ist ein Unikat, einer schöner als der andere.

Auf dem Balkon liegt noch ein Rest Tannengrün, der vom Adventsstrauß übrig ist. Davon schneidet sie acht kleine Zweige zurecht.

Inzwischen sind längst alle Plätzchen gut ausgekühlt. Carola kramt in einer Küchenschublade nach den Folienbeuteln, die sie kürzlich gekauft hat. Da sind sie, die zwölf kleinen Tütchen aus Klarsichtfolie, mit goldenen Sternen bedruckt. Sie nimmt acht davon und füllt jedes mit ein paar Plätzchen. Wie werden wohl die Mitbewohner reagieren, wenn sie morgen früh einen Gruß vom Nikolaus an der Tür hängen haben? Bei dem Gedanken muss sie lächeln.

Als Stefan vom Dienst nach Hause kommt, ist er sofort im Bilde. Er schmunzelt: Auf dem niedrigen Flurschrank liegen aufgereiht acht Plätzchentüten, alle mit schmalem Goldband zugebunden und mit einem grünen Tannenzweig und einem Strohstern geschmückt.

„Na, du Nikolaus“, neckt er seine Frau, „du willst also auch hier wieder etwas an die Türen hängen?“

„Klar“, antwortet Carola nur, als sei das schon längst ihr Plan gewesen.

„Aber hier nimmt doch keiner den anderen wahr und niemand redet ein Wort zu viel miteinander!“

„Genau! Deshalb will ich es ja machen. Vielleicht muss einfach mal jemand anfangen mit dem Freundlichsein.“

„Das ist typisch meine Carola! Da bin ich aber gespannt. Und warum acht Päckchen? Es wohnen nur sieben Mieter außer uns im Haus.“

Carola verdreht die Augen: „Weil ich an unsere eigene Tür natürlich auch etwas hänge! Es muss schließlich nicht jeder gleich wissen, wer der ‚Nikolaus‘ ist.“

Spät am Abend schleicht sie leise durchs Treppenhaus und hängt an alle acht Wohnungstüren ihre kleine Überraschung.

Die Auswirkung ist höchst verblüffend. Da keiner weiß, wo die Tütchen herkommen, hält jeder den anderen für den freundlichen Nikolaus und findet plötzlich ein nettes Wort für ihn, das über „Guten Tag“ oder „Guten Abend“ hinausgeht. Es ist, als wäre ein Schalter umgelegt worden.

Nachbarinnen, die seit Jahren Tür an Tür wohnen und praktisch nichts voneinander wissen, tauschen auf einmal Strickzeitschriften aus und erzählen sich beim Wäscheaufhängen von den Weihnachtsfesten in ihrer Kindheit. Männer, die nur mal schnell eine Flasche Wein aus dem Keller holen wollen, kommen erst nach einer geschlagenen halben Stunde zurück in ihre Wohnung, weil sie einen Mitbewohner treffen und erst einmal über den örtlichen Fußballklub fachsimpeln müssen und über die Wintersportbedingungen in den österreichischen Alpen.

„Ich kann es nicht fassen, was eine so kleine Sache wie dein Nikolausgruß in Bewegung gebracht hat!" Stefan ist ehrlich überrascht.

„Warum eigentlich nicht?" Carola hat sich in den letzten Tagen einige Gedanken darüber gemacht. „Hat nicht das größte Wunder der Welt auch ganz unspektakulär begonnen, mit einem kleinen Kind in einem armseligen Stall? Vielleicht sollten wir viel öfter den Mut haben, ganz kleine Dinge zu wagen. Gott kann Großes und Gutes daraus entstehen lassen – so wie auch das kleine Kind in Bethlehem zum Retter für alle Menschen wurde."

Stefan mag es normalerweise nicht so sehr, wenn seine Frau das letzte Wort hat. Aber dem hat er einfach nichts mehr hinzuzufügen.

Freundschaftsdienste

Obwohl die kleine Eigenheimsiedlung am Rande der Großstadt schon einige Jahrzehnte auf dem Buckel trägt, hat sie nichts von ihrem Reiz verloren. Die Häuschen und Grundstücke wechselten zwar gelegentlich ihre Besitzer, aber sie sind noch ebenso hübsch und gepflegt wie eh und je. Geblieben ist auch der dörfliche Charakter der Siedlung, und das bedeutet unter anderem, dass man sich untereinander kennt und grüßt und mehr oder weniger alles voneinander weiß.

Umso mehr fällt jemand wie Hubert Stolze aus dem Rahmen. Er lebt seit etwa zehn Jahren in einem der kleineren Häuschen. Anfangs fuhr er noch täglich zur Arbeit, jetzt ist er Ruheständler. Obwohl er meistens zu Hause ist, hat er überhaupt keinen Kontakt zu anderen Siedlungsbewohnern. Nicht einmal zu den Nachbarn rechts und links oder gegenüber.

Anfangs versuchte noch der eine oder andere, mit dem unnahbaren Mitbewohner ins Gespräch zu kommen. Ohne Erfolg. Selbst auf ein freundliches und unverfängliches „Guten Morgen, Herr Stolze!“ antwortete dieser, wenn überhaupt, nur mit einem undefinierbaren Gebrummel. So dauerte es nicht lange und Hubert Stolze wurde als kauziger Sonderling abgeschrieben. Seitdem lässt man ihn einfach links liegen. Umso erstaunlicher ist das, was in diesem Sommer geschehen ist.

An einem heißen Julitag will Herr Stolze seine Gartenwege und eine Fläche für die Sitzecke hinter dem Haus neu pflastern. Der Baustoffhändler hat einen Berg kleiner Pflastersteine auf dem Fußweg vor dem Gartentor abgekippt. Und nun bringt sie der hemdsärmlige Hausbesitzer mit seiner Schubkarre nach und nach in den hinteren Teil des Grundstücks.

Mit einem Mal steht der achtjährige Philipp vom Haus gegenüber neben dem Gartentor. Er schaut interessiert eine Weile zu und fragt dann: „Darf ich mitmachen?" Ohne eine Antwort abzuwarten, beginnt Philipp, die Pflastersteine in die Karre zu laden.

Hubert Stolze lässt ihn gewähren. Stumm arbeiten die beiden eine halbe Stunde lang Seite an Seite. Als die letzten Steine nach hinten gebracht sind, klopft sich der Junge die Hände an seiner kurzen Jeans ab: „So, ich geh dann mal wieder."

Herr Stolze wischt sich mit einem großen Taschentuch über Stirn und Nacken, sieht seinen kleinen Helfer an und räuspert sich: „Ich denke, vorher hast du dir mindestens ein Glas Saft verdient, meinst du nicht auch?"

„Das wäre nicht schlecht!" Philipp strahlt.

Hubert Stolze verschwindet im Haus und kommt bald darauf mit einem Korb am Arm wieder zurück. Er holt eine Flasche Apfelsaft, zwei Gläser, eine Schüssel frische Kirschen und eine Dose Kekse heraus. Damit machen es sich der kleine und der große Mann in der schattigen Sitzecke bequem.

Zwischen zwei Keksen fragt der Ältere: „Wie heißt du eigentlich?"

Der Junge spuckt schnell einen Kirschkern aus, bevor er antwortet: „Ich bin Philipp."

Hubert Stolze streckt ihm seine Hand hin: „Und ich heiße Hubert."

Wortlos schlägt Philipp ein und damit ist die Freundschaft der beiden besiegelt. Sie dauert bis heute an.

Inzwischen ist der vierte Advent da und die kleine Siedlung liegt tief verschneit. In jedem Vorgarten findet man einen mit elektrischen Kerzen geschmückten Tannenbaum, nur Herr Stolze beteiligt sich nicht daran. Mit diesem ganzen Weihnachtskram hat er nichts am Hut. Gerade sitzt er am Frühstückstisch, genießt in aller Ruhe den frisch gebrühten Kaffee, das knusprige Toastbrot und sein weiches Sonntagsei, als es Sturm klingelt und jemand heftig an die Haustür trommelt. Überrascht öffnet er, und der kleine Philipp fällt ihm regelrecht entgegen.

„Bitte, du musst mir helfen, Hubert!", stößt er aufgeregt hervor.

„Um Himmels willen, was ist denn passiert?" Erschrocken zieht Herr Stolze seinen jungen Freund ins Haus.

„Kannst du mich zur Stadtkirche fahren? Bitte!" Flehend schaut der Junge ihn an.

„Warum fahren dich deine Eltern nicht?"

„Das ist es ja, sie sind nicht da! Papa hat Dienst, er ist doch Busfahrer. Und Mama bringt unsere Nachbarin Frau Arnold zum Notdienst ins Krankenhaus, weil sie vor dem Haus schlimm gestürzt ist. Sie ist bestimmt nicht so bald zurück. Jetzt weiß ich nicht, wie ich zum Adventsgottesdienst komme. Bitte, Hubert, kannst du mich hinbringen?" Philipp ist ganz rot im Gesicht vor lauter Aufregung.

„Moment, Moment", Hubert Stolze muss sich erst einmal setzen. „Du möchtest, dass ich dich zur Kirche fahre?"

„Ja, bitte, bitte!"

„Und wieso musst du da so dringend hin?"

„Na, weil heute der vierte Advent ist. Da führen wir doch ein Krippenspiel auf", erklärt der Junge ungeduldig.

„Nun, das werden sie ja wohl auch ohne dich schaffen. Auf einen Hirten mehr oder weniger kommt es sicher nicht an."

„Hirte? Aber ich bin doch kein Hirte! Ich spiele den Josef, Hubert! Ein Krippenspiel ohne Josef, das geht doch nicht!"

Hubert Stolze kann später nicht mehr sagen, warum er sich überzeugen lässt. Vielleicht ist es das wortreiche Argumentieren des sonst eher stillen Jungen. Jedenfalls zieht er einen dicken Pullover über und warme Schuhe an, fährt das Auto aus der Garage und lässt Philipp hinten einsteigen.

„Ich glaube, ich bräuchte eigentlich einen Kindersitz für dich, oder nicht? Na, egal, ich habe sowieso keinen. Hoffen wir, dass alles gut geht", grummelt Herr Stolze und fährt los.

Als sie vor der Stadtkirche ankommen, springt der Junge schnell aus dem Auto. Er muss sich für seinen großen Auftritt noch umziehen.

Im Laufen dreht er sich noch einmal um: „Kommst du mit in die Kirche?“ Aber er kann nicht auf die Antwort warten, dafür hat er nun wirklich keine Zeit mehr.

„Mit in die Kirche kommen, das fehlte mir noch“, denkt Hubert Stolze. Wann war er eigentlich das letzte Mal in einem Gottesdienst? Früher, als seine Monika noch lebte, gingen sie fast jeden Sonntag in die kleine Kirche in Eulenburg, wo sie wohnten. Dann starb Monika ganz plötzlich, sie war erst Mitte fünfzig. Wenig später veräußerte er das große Haus in Eulenburg, in dem es zu viele Erinnerungen an seine Frau gab, und kaufte das kleine Siedlungshäuschen am Rand der Vorstadt. Er konzentrierte sich nur noch auf seinen Dienst als Chirurg am Unfallkrankenhaus, alles andere war ihm egal. Abgesehen von seinen Patienten wurden ihm die Menschen völlig gleichgültig. Und für Gott interessierte er sich schon gar nicht mehr. Er wollte weiter nichts als seine Ruhe haben. Und das hat sich noch verstärkt, seit er in den Ruhestand gegangen ist.

Aber jetzt, nach so langer Zeit, steht er doch tatsächlich wieder vor einer Kirche. Nein, er wird natürlich nicht hineingehen, auf keinen Fall. Er wird ganz einfach hier im Auto auf Philipp warten. Philipp – der kleine Nachbarsjunge hat sich mit seiner offenen, ruhigen und unkomplizierten Art ganz heimlich, still und leise einen Platz in seinem Herzen erobert.

Hubert Stolze muss schmunzeln. Es wäre sicher vergnüglich, den kleinen Kerl als eifrig um seine Maria besorgten Josef zu erleben …

Kurz entschlossen steigt er aus dem Wagen, verriegelt die Türen und betritt die große Stadtkirche. In einer der hinteren Bänke findet er noch einen Platz am Mittelgang, gerade als Maria und Josef auf Herbergssuche sind und dabei nach vorn zum Altar laufen. Philipps Augen blitzen auf, als er seinen großen Freund entdeckt. Aber dann konzentriert sich der Junge ganz auf das Spiel.

Eifrig und anrührend gestalten die Kinder die Weihnachtsgeschichte nach. Manchmal holpert es etwas mit dem Text, aber das stört niemanden. Als zum Schluss alle im Stall um die Krippe versammelt sind, stellt sich der junge Gemeindepfarrer mitten in die Szene. Er erklärt, dass Gott in diesem kleinen Kind zu allen Menschen gekommen ist – und dass alle Menschen durch ebendieses Kind zu ihm kommen können.

„Gott macht es uns so leicht“, meint er, „er schickt keinen unheimlichen Kobold oder drohenden Riesen, keinen mächtigen Befehlshaber, keine gewaltige Armee, um uns zu sich einzuladen. Vor denen würden wir uns fürchten. Aber zu einem kleinen Kind geht jeder gern. Ein Baby ist kein Grund zur Furcht, nur zur Freude.“

Dann wendet er sich an die Krippenspieler: „Ihr seid schon da, ganz nahe bei dem neugeborenen Gottessohn. Wisst ihr was? Ihr dürft jetzt in den Kirchenraum gehen – und jeder von euch holt jemanden, den er liebhat, hierher zum Jesuskind!“

Er hat kaum ausgesprochen, da stürmen die Kinder

begeistert los. Sie ziehen Mütter und Väter, Geschwister, Freunde, Großeltern und Patentanten aus den Bankreihen nach vorn.

Hubert Stolze hat nicht schnell genug mitgedacht. Bevor er reagieren und die Kirche verlassen kann, steht Philipp schon neben ihm, fasst nach seiner Hand und sagt bittend: „Komm, Hubert, komm mit mir zum Christkind. Mama und Papa sind heute nicht da, aber dich hab ich auch lieb!"

Er soll mit zur Krippe kommen, zum Jesuskind? Also im Grunde zu Gott selbst? Das ist etwas, was Hubert Stolze auf gar keinen Fall will. Wie soll er das dem Jungen so schnell erklären? Er kann hier in der Kirche keine Szene machen – aber vor allem will er Philipp nicht enttäuschen.

Und so sehen die erstaunten Gottesdienstbesucher, wie der unnahbare Sonderling aus der Eigenheimsiedlung an der Hand des kleinen Jungen, der den Josef spielte, zum Kind in der Krippe hingeht. Was sie nicht sehen: Mit jedem Schritt nach vorn fällt ein Stückchen seiner Gleichgültigkeit gegenüber Gott von ihm ab. Sein Herz öffnet sich immer mehr für das Wunder des Weihnachtsgeschehens. Als er schließlich mit den vielen anderen vor der Krippe steht, da hat die Weihnachtsfreude Hubert Stolze eingeholt.

An diesem Adventssonntag, nachdem er Philipp wieder nach Hause gefahren hat, gibt es für ihn noch viel nachzudenken.

Verwundert registrieren die Bewohner der Siedlung,

dass nach über zehn Jahren plötzlich auch die große Silbertanne im Vorgarten von Hubert Stolze mit hell strahlenden elektrischen Kerzen geschmückt ist. Einige von ihnen beobachten am zweiten Weihnachtstag nachmittags, wie ebendieser Herr mit einem großen bunten Paket in der einen und einem Sträußchen Christrosen in der anderen Hand an der Haustür von Philipp und seinen Eltern klingelt. Und sie alle bemerken – welch Wunder! –, dass Hubert Stolze neuerdings von sich aus freundlich grüßt, wenn man ihm begegnet.

Autopanne im Dezember

„Nein, nicht schon wieder!", denkt Wolf Mornati, als der Motor seines alten Corsa stottert und nicht mehr richtig ziehen will. Er wechselt auf der dicht befahrenen Autobahn vorsichtshalber auf die rechte Fahrspur.

Im Frühjahr hatte er schon einmal Probleme mit dem Auto durch einen Marderbiss. Es heißt zwar, dass solche Schäden jetzt im Winter eher selten auftreten, aber trotzdem hört und fühlt es sich ganz ähnlich an wie damals.

Wolf ist Anfang zwanzig und alles andere als ein ängstlicher Typ, doch am 22. Dezember bei einbrechender Dunkelheit, eisigem Wind und heftigem Dauerregen auf der Autobahn liegen zu bleiben, ist nicht gerade das, wovon er träumt.

An einem Rastplatz ist er eben vorbeigefahren, da kommt nicht gleich wieder einer. Aber dort vorn wird eine Abfahrt angezeigt – nach Schönerstadt.

Schönerstadt, das klingt nach einer größeren Ortschaft, sicher gibt es dort eine Autowerkstatt. Wenn es sich wirklich nur um einen Kabelschaden durch Marderbiss handelt, dann lässt er sich vielleicht in kurzer Zeit beheben. Er will schließlich heute noch zu Hause bei den Eltern und der Schwester sein.

Wolf nimmt die Abfahrt und sieht schon bald das Städtchen vor sich. Er kommt allerdings nur bis zu den ersten Häusern, dann streikt sein Corsa endgültig und bleibt einfach stehen.

„Na toll!“ Der junge Mann steigt aus und versucht, das Auto wenigstens noch dicht an den Straßenrand zu schieben. Das gelingt ihm nach mehreren Anläufen mehr recht als schlecht, glücklicherweise hat die Straße ein leichtes Gefälle.

Allerdings hat er beim Aussteigen nicht daran gedacht, seine Jacke mit Kapuze überzuziehen. Und so klebt nach den wenigen Minuten im strömenden Regen sein Rollkragenpullover unangenehm an Brust und Rücken. Egal, da muss er jetzt einfach durch.

Auf jeden Fall ist die Idee mit der Werkstatt gestorben, nun hilft nur noch ein Anruf beim ADAC. Hoffentlich schicken sie schnell jemanden, Wolf hat noch fast zweihundert Kilometer zu fahren. Die Telefonnummer hat er glücklicherweise in seinem Handy gespeichert.

Wolf setzt sich wieder ins Auto und nimmt das kleine schwarze Mobiltelefon vom Beifahrersitz. Als er die Nummer der Pannenhilfe gefunden hat und wählen will, gibt das Gerät einen schrillen Ton von sich und das Display wird dunkel – der Akku ist leer.

„Das wird ja immer schöner“, stöhnt Wolf und schlägt wütend auf das Lenkrad ein. Dabei hätte er schwören können, dass das Handy vollgeladen war, als er losfuhr. Jetzt bleibt ihm nichts anderes übrig, als bei einem Anwohner in der Nähe zu klingeln und zu bitten, dass er telefonieren darf.

In mehreren Häusern sind die Fenster erleuchtet.

Wolf entscheidet sich für das kleine Haus schräg gegenüber. Im Schein einer Straßenlaterne entziffert er den Namen der Bewohner, als er durch das Gartentor zum Haus geht.

Auf sein Klingeln hin öffnet eine ältere Dame. Sie schaltet die Lampe über der Haustür an und schaut einigermaßen verwundert auf den unbekannten jungen Mann mit dem vor Nässe triefenden dunklen Lockenkopf, der da in feuchten Jeans und einem fast durchgeweichten braunen Rolli vor ihr steht.

„Guten Abend, Frau Altmann, entschuldigen Sie bitte die Störung. Ich habe da ein Problem mit dem Auto, und mein Handy …"

„Das können Sie mir alles in Ruhe erklären, aber kommen Sie erst einmal herein ins Haus, sonst weichen Sie noch völlig auf."

Veronika Altmann zieht den verblüfften Wolf in die Diele. Sie begreift selbst nicht, warum sie das tut. Wenn ihr Mann noch lebte, würde er schimpfen und ihr zum hundertsten Mal vorwerfen, sie sei viel zu gutgläubig und freundlich.

Nun, sie ist durchaus misstrauisch und vorsichtig, wenn sie es für nötig hält. Aber bei diesem jungen Mann, der wie ein Häuflein Unglück vor ihr steht, hat sie einfach die Gewissheit, dass sie ihm vertrauen kann. Und sie liegt selten falsch mit ihrer Einschätzung. „Deine innere Stimme hat es dir wohl gesagt?", pflegte ihr Mann früher zu spotten. Sie ließ ihn reden. Frauen haben nun einmal für manche Dinge ein besonderes Gespür.

Sie öffnet den Dielenschrank und holt ein Paar karierte Pantoffeln hervor, aus einer Schublade nimmt sie ein großes gelbes Handtuch heraus. Beides wirft sie dem triefenden Wolf zu: „Jetzt ziehen Sie erst einmal die nassen Schuhe aus und rubbeln Ihren Lockenkopf ein bisschen trocken, sonst schwimmt mir noch mein Dielenteppich davon. Und dann kommen Sie mit in die Küche und erzählen mir Ihr Problem."

Bei den Worten öffnet sie die Küchentür und deutet auf eine gemütliche Sitzbank in der Ecke.

Sprachlos gehorcht Wolf. Mit dem Handtuch noch auf dem Kopf und kräftig rubbelnd sitzt er bald darauf am Küchentisch.

„Das ist mir auch noch nicht passiert", murmelt er.

„Ach nein? Wie oft haben Sie denn diese Nummer schon probiert?"

Sie müssen beide lachen.

Als Wolf von seinem Missgeschick berichtet hat, legt seine Gastgeberin unverzüglich das Telefon vor ihn hin: „Natürlich dürfen Sie anrufen. Die Nummer vom ADAC haben Sie?"

„So ein Mist", entfährt es Wolf. „Ich habe sie, ja, allerdings im Handy gespeichert ..."

„Und das hat den Geist aufgegeben", ergänzt Veronika Altmann und schmunzelt über das betroffene Gesicht ihres Gastes. „Nun, das ist jetzt aber wirklich kein Problem, ich bin auch in diesem Verein. Warten Sie, ich hole die Visitenkarte."

Wenig später tippt der junge Mann die Nummer der

Pannenhilfe ein. Er muss lange warten, bis sich am anderen Ende jemand meldet. Endlich kann er seine Notlage an der richtigen Stelle erklären: „Guten Abend, hier spricht Wolf Mornati, ich bin mit dem Auto liegen geblieben. Vermutlich ein Marderbiss …"

Im Laufe des Gesprächs wird sein Gesicht länger und ratloser, dann sagt er aber doch die Adresse durch, die Frau Altmann ihm in weiser Voraussicht auf einem Zettel notiert hat.

„Gibt es Schwierigkeiten?", fragt sie teilnahmsvoll, als er aufgelegt hat.

„Wie man es nimmt. Sie schicken jemanden, aber es kann einige Stunden dauern. Es kommen sehr viele Notrufe heute Abend, meinte der Mann am Telefon. Zwei Tage vor Weihnachten ist offenbar halb Deutschland unterwegs. Ehrlich gesagt, ich weiß nicht recht, was ich jetzt machen soll."

„Sie können gern bei mir warten, Herr … Mornati?"

Wolf wird feuerrot. Er hat sich noch gar nicht vorgestellt! Schnell steht er auf und reicht Frau Altmann die Hand: „Entschuldigung, in der Aufregung habe ich völlig vergessen, meinen Namen zu sagen. Es ist mir so peinlich! Ja, ich heiße Mornati, Wolf Mornati."

„Der Name klingt südeuropäisch …"

„Ja, das stimmt. Mein Vater ist Italiener, kam aber schon als ganz kleines Kind mit seinen Eltern nach Deutschland. Bis auf den Namen und die dunklen Locken ist bei mir inzwischen nicht mehr viel Italienisches zu entdecken."

Wolf kommt es so vor, als falle bei der Erwähnung seines italienischen Vaters für den Bruchteil eines Augenblicks ein Schatten auf das Gesicht der älteren Dame. Aber das kann auch eine Täuschung gewesen sein. Sie hört ihm weiter freundlich und interessiert zu.

„Eigentlich heiße ich Wolfgang, nach meinem anderen Großvater, dem deutschen. Leider habe ich ihn nie kennengelernt. Aber nur meine Mutter nennt mich noch so, alle anderen sagen Wolf zu mir, sogar mein Vater und meine Schwester."

„Wolfgang ist ein schöner Name, mein Mann hieß genauso."

„Das ist ja ein kurioses Zusammentreffen! Haben Sie eigentlich auch Kinder? Und Enkel?"

Ein kurzes, fast unmerkliches Zögern: „Nein, leider nicht."

„Schade, Sie wären bestimmt eine tolle Oma!"

Sie wehrt ab: „Wer weiß! Aber die ‚Oma' hat eben eine Idee. Ich werde in meiner Autowerkstatt hier am Ort anrufen, vielleicht können die Ihnen schneller helfen als der ADAC."

Frau Altmann wählt eine eingespeicherte Nummer. Der Mechaniker kann heute nichts mehr machen, er bedauert. Zu viel Betrieb in der Werkstatt und gleich Feierabend. Aber er verspricht, morgen früh um acht vor der Tür zu stehen und den Corsa zu reparieren, wenn es wirklich nur ein Kabelschaden ist.

Als sie aufgelegt hat, trifft Veronika Altmann eine folgenschwere Entscheidung. „Wissen Sie was, Herr

Mornati, Sie bleiben einfach über Nacht hier. Bestellen Sie die Pannenhilfe ab, wer weiß, wann da einer kommt. Sie können oben im Gästezimmer schlafen und morgen früh, wenn mein Mechaniker Ihr Auto in Ordnung gebracht hat, ausgeruht weiterfahren."

„Das geht doch nicht, Sie können schließlich nicht einfach einen fremden Mann …"

„So fremd sind Sie inzwischen nun auch nicht mehr. Und außerdem geben Sie mir damit die Chance, für ein paar Stunden eine tolle Oma zu sein!"

Ein Argument, dem Wolf sich gerne fügt. Er fühlt sich wohl in diesem Haus und bei dieser Frau.

Ausgestattet mit einem riesigen schwarzen Regenschirm, flitzt er noch einmal zum Auto und holt seine Reisetasche vom Rücksitz. Im Gästezimmer kramt er einen trockenen Pullover und frische Jeans aus seinem Gepäck, hängt die feuchte Hose über einen Stuhl und legt den Rolli zum Trocknen über den Heizkörper, den Veronika Altmann unterdessen aufgedreht hat. Als er wieder nach unten kommt, ruft ihn die Hausfrau ins Wohnzimmer.

Die Kerzen am Adventskranz brennen und es duftet nach frisch gebrühtem Schwarztee mit Zimt- und Apfelaroma. Er steht in einer Glaskanne auf dem Couchtisch, ein Teeglas daneben und ein Teller mit belegten Brötchen.

„Sie haben sicher Hunger, Herr Mornati, langen Sie zu!"

Wolf widerspricht gar nicht erst, er hat wirklich Hunger. Eigentlich wäre er um diese Zeit schon fast zu Hause bei seinen Eltern gewesen. Er muss noch anrufen, fällt ihm ein, muss ihnen sagen, dass er erst morgen kommt. Nach dem Essen wird er fragen, ob er noch einmal das Telefon benutzen darf.

Gegenüber von Frau Altmann setzt er sich in einen der beiden hellen Ledersessel und greift nach einem Schinkenbrötchen. Beim Kauen sieht sich Wolf im Wohnzimmer um. Das breite, hohe Bücherregal fasziniert ihn. Er ist auch eine Leseratte und so mancher Buchrücken kommt ihm bekannt vor. Aber dort unten, im letzten Regalfach …

„Das schwarze Etui, ist das etwa ein Klarinettenkoffer?", rutscht es aus ihm heraus.

Veronika Altmann schaut hin und nickt: „Ja, mein Mann hat Klarinette gespielt, ziemlich gut und sehr gern, bis …" Sie bricht ab.

Wolf Mornati ist erstaunt und verwundert: „Das wird ja immer kurioser! Wissen Sie was? Ich studiere in Weimar Musik, Hauptfach Klarinette, und bin auf dem Weg nach Hause in den Weihnachtsurlaub. Durch den ungeplanten Zwischenfall mit meinem Auto gerate ich ausgerechnet in ein Haus, in dem ein anderer Wolfgang auch Klarinette gespielt hat. Ich glaube nicht an Zufälle, aber das ist nun wirklich ein eigenartiges Zusammentreffen!"

Veronika Altmann glaubt auch nicht an Zufälle, sondern an Gott, und sie weiß, dass er einen Plan für ihr Leben hat, den sie nicht immer versteht. Aber was heute hier geschieht, macht sie ziemlich unruhig. Hier passen plötzlich so viele Dinge zusammen. Erst der italienische Nachname des jungen Mannes, dann der Vorname Wolfgang – und jetzt auch noch die Klarinette. Was bedeutet das?

Mit leichtem Zittern schenkt sie ihrem Gast Tee ein.

Der legt zum Trinken seine beiden Hände um das Glas und dreht es so, dass der Henkel nach oben zeigt.

Fassungslos schaut die Frau ihm zu.

Wolf bemerkt ihren Blick. Ein wenig verlegen erklärt er: „Eine unmögliche Art, Tee zu trinken, ich weiß. Hab ich wohl von meiner Mutter geerbt, die trinkt auch so seltsam."

„Andrea hat beim Trinken das Glas genauso gedreht." Ohne groß zu überlegen, spricht Veronika Altmann aus, was sie gerade denkt.

„Andrea?", fragt Wolf verständnislos zurück.

„Ja, Andrea, unsere Tochter."

„Aber sagten Sie nicht vorhin, Sie hätten keine Kinder?"

„Doch … nein … ja." Die ältere Dame wirkt ziemlich konfus, bis sie tief Luft holt und leise erklärt: „Das ist eine traurige Geschichte. Doch, wir haben eine Tochter. Sie war erst neunzehn, als sie beim Studium in Stuttgart einen jungen Mann kennenlernte. Er studierte Architektur und war wohl die Liebe ihres Lebens. Bald wurde sie schwanger. Mein Mann tobte, er war außer sich vor Zorn. Vor allem, als er erfuhr, dass der Vater des Kindes ein Italiener war. Er befahl Andrea, sich von dem Mann zu trennen und das Kind abzutreiben.

Sie tat keins von beidem. Da warf er sie aus dem Haus

und verbot ihr, jemals wieder heimzukommen. ‚Wir haben keine Tochter mehr!' waren die letzten Worte, die er ihr nachrief. Ich konnte nichts dagegen tun, mein Mann war für keinen Einwand zugänglich. Andreas Name durfte in diesem Haus nicht mehr genannt werden. Er entfernte alles, was an sie erinnerte, sogar die alte Schaukel im Garten. Nur ein Album mit Kinderfotos von ihr konnte ich heimlich verstecken.

Einige Wochen später kam ein Brief mit einer Hochzeitsanzeige von Andrea und ihrem italienischen Freund. Wolfgang hat sie wütend in tausend kleine Schnipsel zerrissen und in den Müll geworfen, ich durfte sie nicht einmal selbst lesen. Vielleicht hat er das auch noch mit weiterer Post von ihr getan, ich weiß es nicht.

Sie können sich nicht vorstellen, wie viel Kummer und Herzeleid ich damals hatte. Es ist jetzt über zwanzig Jahre her, aber die Zeit heilte die Wunden nicht, sie ließ sie nur oberflächlich vernarben."

Wolf ist entsetzt. Was für eine schreckliche Geschichte! Er hätte vorher niemandem geglaubt, dass es so etwas in Deutschland heute noch gibt.

„Haben Sie nie nach Ihrer Tochter gesucht?"

„Doch, aber erst viele Jahre später, als mein Mann gestorben war. Sie wohnte nicht mehr in Stuttgart, und niemand konnte mir sagen, wohin sie gezogen ist. Ich kenne ja auch ihren neuen Nachnamen nicht. Vielleicht sollte ich es noch einmal versuchen, über das Internet ist inzwischen ja sehr vieles zu ermitteln. Aber dabei brauche ich sicher Hilfe."

Wolf Mornati springt auf. Er hat ein Notebook oben in seiner Reisetasche. Wenn Frau Altmann einen Internetanschluss haben sollte, könnte er vielleicht hier und heute …

Plötzlich wird er kreidebleich und hält sich an der Sessellehne fest. Schlagartig fällt es ihm wie Schuppen von den Augen. Er muss sich mehrmals räuspern, bis er erschüttert stammeln kann: „Das ist doch unmöglich, aber … warum habe ich das nicht gleich bemerkt? Meine Mutter … sie heißt Andrea … und ihr Geburtsname … ist Altmann! Und mein Vater … ist … Architekt … und wir wohnen … in der Nähe von Stuttgart.“

In das folgende Schweigen hinein flüstert er noch: „Sind Sie etwa … meine … Großmutter?“

Keiner der beiden ist in der Lage, das Offensichtliche zu fassen.

„Darf ich zu Hause anrufen?“ Sie müssen jetzt beide Gewissheit haben.

Wortlos hält die Frau, die mit großer Wahrscheinlichkeit seine Großmutter ist, Wolf das Telefon hin. Er muss mehrmals beginnen, die Nummer seiner Eltern einzutippen. Die Finger sind eiskalt, wollen ihm nicht gehorchen. Dann klingelt es endlich und seine Schwester meldet sich. Er versucht, ruhig und normal zu sprechen, doch es gelingt ihm nur mit Mühe.

„Hallo, Helena, hier ist Wolf.“

„Na endlich, wo bleibst du denn? Wir warten mit dem Abendessen, beeil dich, mir knurrt langsam der Magen!“

„Tut mir leid, aber es wird später bei mir. Bitte gib mir mal Mutter, Helena."

Er hört, wie seine Schwester etwas erklärt, als sie das Telefon weiterreicht.

„Wolfgang, mein Großer, ist alles in Ordnung mit dir? Helena sagt, du kommst später?"

Er zwingt sich zur Ruhe. „Genauer gesagt komme ich erst morgen. Ich erkläre alles, wenn ich da bin. Hör mir jetzt bitte genau zu, Mutter." Er stockt noch einmal kurz, atmet tief ein.

„Mutter, ich bin hier in Schönerstadt bei einer lieben älteren Dame, und die Dame ... heißt Veronika Altmann ..."

Totenstille am anderen Ende.

Nach einigen Sekunden ungläubig, leise: „Was sagst du da?"

Wolf reicht in einem plötzlichen Impuls das Telefon weiter, und Veronika Altmann flüstert fragend und voller Liebe nur einen Namen in den Hörer: „Andrea?"

Ein Aufschrei, dann: „Mama, meine liebe Mama!"

Beide Frauen können nicht weiterreden, sie schluchzen, als wollten alle Tränen der vergangenen Jahre noch einmal fließen. Behutsam nimmt Wolf das Telefon wieder in seine Hand, zu Hause hat Helena offenbar das Gleiche getan.

„Wolf?", fragt sie verstört, „Wolf, was ist los? Bist du okay?"

„Ich bin okay, Helena, frag nicht weiter, ich erkläre euch morgen alles. Und ich bringe jemanden mit, der mindestens bis Januar bleiben wird."

Dann legt er auf und nimmt Veronika Altmann fest in die Arme.

Viel Schlaf bekommen die beiden in dieser Nacht nicht, es gibt so vieles zu reden und zu fragen. In einem allerdings stimmen sie überein: Bei dem, was sie da gerade erlebt haben, hat ein Höherer seine Hand im Spiel gehabt. Das war kein Zufall, das ist ein Wunder – ihr ganz persönliches Weihnachtswunder.

Ein Korb voll Cox Orange

Der neunjährige Friedrich Klingenberg ist keineswegs ein so friedlicher, stiller Knabe, wie sein Name vermuten lassen könnte. Im Gegenteil, wenn irgendwo im Dörfchen Steinbach ein Streich geplant wird, steckt der muntere Junge mit ziemlicher Sicherheit mittendrin.

Mit seinen beiden Freunden Niklas und Georg zieht er nicht nur in der neuen Waldsiedlung seine Kreise, wo die Familie Klingenberg ein kleines Häuschen besitzt, auch bei den alteingesessenen Bewohnern im Ober- und Unterdorf ist das Trio inzwischen wohlbekannt. Bösartig sind die aufgeweckten Burschen glücklicherweise nicht, aber reichlich keck und übermütig und selten um einen witzigen Einfall verlegen.

Eine Sache gibt es jedoch, die Friedrich fast noch mehr Spaß macht als aller Unsinn der Welt – das ist das Singen. Da versteht es sich von selbst, dass er ein eifriger Sänger in der Kurrende ist, dem Kinderchor der Kirchengemeinde. Mit seiner klaren hellen Sopranstimme darf Friedrich oft die Solostellen singen. Natürlich besteht das Leben der jungen Sänger nicht nur aus Chorproben und Auftritten. Neben Schule und Kurrende bleibt ihm noch genug Zeit, um mit Georg und Niklas Unfug zu treiben.

Im Augenblick geht Friedrich der Garten hinter dem kleinen alten Fachwerkhäuschen von Erika Esche nicht aus dem Sinn. Die Rentnerin wohnt in der Wiesenstraße im beschaulichen Oberdorf, und in ihrem Garten steht ein hoher, knorriger Apfelbaum, ein „Cox Orange". Friedrich kennt zwar den Namen der Sorte nicht, aber er weiß, dass die Früchte süß und herrlich saftig schmecken. Und das genügt ihm vollkommen. Schon beim Gedanken an die leckeren Äpfel läuft ihm das Wasser im Mund zusammen. Sie müssten jetzt gegen Ende September gerade die richtige Reife haben. „Hoffentlich hat die Alte die Dinger noch nicht alle geerntet", überlegt Friedrich besorgt.

Schnell trommelt er seine beiden Freunde zusammen und dann geht es auf ins Oberdorf. Die Lausbuben haben Glück: Der große Baum hängt noch voller Äpfel. Also nichts wie über den Zaun gestiegen und in den Garten geschlichen!

Es ist fast dreizehn Uhr, Frau Esche hält sicher ihren Mittagsschlaf. Trotzdem steht Niklas vorsichtshalber an der Hausecke Schmiere, während Friedrich sich am Stamm des Baumes hochzieht und geschickt wie ein Eichhörnchen von Ast zu Ast klettert. Unten wartet Georg. Er hat sein hellblaues T-Shirt ausgezogen und oben mit einem Stück Bindfaden zusammengebunden. Dort hinein stopft er flink die Äpfel, die Friedrich ihm zuwirft.

Als das Trio mitten in der „Ernte" ist, schreit Niklas plötzlich: „Achtung, die Alte kommt!"

Dann geht alles ganz schnell. Niklas ist der Erste, der über den Zaun springt und wegrennt. Auch Georg kann ungefährdet flüchten, sogar mit dem T-Shirt voller Äpfel. Nur für Friedrich ist die Lage etwas verzwickter. Bevor er aus den Ästen gestiegen und vom Baum gesprungen ist, steht Erika Esche schon fast neben ihm. Wieselflink kann er ihr gerade noch so entkommen. Aber sie hat ihn erkannt.

Während Friedrich blitzschnell über den Zaun auf die rettende Straßenseite klettert, brüllt die alte Dame los: „Natürlich, du bist es wieder mal, Friedrich Klingenberg! Der freche Junge aus der Waldsiedlung! Ich habe dich schon erkannt! Wehe, du wagst dich mit deinen Rabauken noch einmal hierher, dann setzt es was! Anzeigen sollte man euch, der Polizei melden!"

Friedrich ist schon längst zwei Querstraßen weiter, da hört er das Schimpfen der Frau immer noch.

„Mann, ist die sauer", denkt er und kratzt sich hinter den Ohren. „Hoffentlich zeigt sie mich nicht wirklich an. Mama und Paps rasten aus, wenn sie davon erfahren!" Nun hat er doch ordentlich Muffensausen bekommen. Aber die Zeit vergeht; es wird Dezember und die Polizei lässt nichts von sich hören. Friedrich hat die Angelegenheit schon fast wieder vergessen …

In Steinbach gibt es wie in vielen anderen Dörfern und Kleinstädten im Erzgebirge die schöne Tradition, dass an den Nachmittagen der vier Adventssonntage die Kurrendekinder durch die Straßen ziehen und vor den Häusern Advents- und Weihnachtslieder singen. Die Mädchen und Jungen tragen dabei die typischen schwarzen Umhänge mit den breiten weißen Kragen über ihrer warmen Kleidung, manche halten Laternen mit brennenden Kerzen in den Händen. Eins der Kinder trägt an einem langen Holzstab einen großen goldenen Stern voran.

An jedem Sonntag wird ein anderer Teil des Dorfes besucht. Die Kinder bleiben immer wieder vor einem Haus stehen, um zwei oder drei Lieder zu singen. Oft kommen die Bewohner warm eingepackt an die Haustür oder ans Gartentor und singen einfach mit. Anschließend belohnen sie die jungen Sänger mit Obst und Süßigkeiten, manchmal auch mit einem Geldstück oder gar einem kleinen Schein für die Chorkasse.

Am zweiten Advent besucht die Kurrende das Steinbacher Oberdorf. Natürlich ist auch Friedrich Klingenberg dabei. Zu seiner großen Freude darf er in dem einen oder anderen Lied manche Strophen allein als Solo singen.

Als die Kinder jedoch in die Wiesenstraße einbiegen und auf das kleine Fachwerkhaus der Rentnerin Erika Esche zusteuern, wird der stolze Sänger blass. Schlagartig fällt ihm die Geschichte mit den geklauten Äpfeln wieder ein. Auweia! Daran hat er ja gar nicht mehr gedacht – dass sie womöglich auch dort singen könnten. Warum ist er bloß heute nicht zu Hause geblieben?

„Vielleicht ist sie gar nicht da“, spricht er sich in Gedanken selbst Mut zu. Aber er hat kein Glück, denn schon öffnet Frau Esche ihre Haustür. Ihm bleibt nur eins: sich mitten im Chor zwischen einigen größeren Mädchen verstecken und hoffen, dass Frau Esche ihn nicht entdeckt.

Die Kantorin stimmt das erste Lied an. Zweistimmig ertönt aus fünfzehn jungen Kehlen: „Macht hoch die Tür, die Tor macht weit …“ Danach singen die Kinder „Tochter Zion, freue dich …“

Friedrich atmet vorsichtig auf. Es scheint alles gut zu gehen. In beiden Liedern gibt es keine Solostrophe für ihn. Ein drittes werden sie sicher nicht mehr singen.

Da hört er die Kantorin sagen: „Liebe Frau Esche, wir möchten Ihnen heute eine ganz besondere Freude machen und für Sie noch Ihr Lieblingslied singen: ‚Vom Himmel hoch, da komm ich her …‘“

Jetzt ist alles aus. In diesem Lied singt nämlich Friedrich die zweite und dritte Strophe ganz allein, während die anderen Kinder nur dazu summen. Suchend gleiten die Augen der Kantorin über ihre Kurrende: „Wo ist denn unser Solist? Komm doch nach vorn, Friedrich!“

Ihm bleibt aber auch nichts erspart!

Schon haben die Mädchen und Jungen die erste Strophe gesungen. Sie summen die nächste Strophe, während Friedrich zaghaft und mit belegter Stimme einsetzt:

„Euch ist ein Kindlein heut geborn,
von einer Jungfrau auserkorn,
ein Kindelein so zart und fein,
das soll euer Freud und Wonne sein.“

Die Kantorin weiß nicht, was sie denken soll. Was ist nur mit ihrem besten Sänger los? Vor einer Viertelstunde in der Kirchgasse hat er doch geträllert wie eine Lerche!

Es wird noch schlimmer bei der dritten Strophe:

„Es ist der Herr Christ, unser Gott,
der will euch führn aus aller Not,
er will eu'r Heiland selber sein,
von allen Sünden machen rein.“

Die letzte Zeile kommt nur noch im Flüsterton aus Friedrichs Mund. Dass er aber auch ausgerechnet hier bei dieser Apfeltante etwas von „Not“ und „Sünden“ singen muss! Die Kurrende rettet das Lied, indem sie hell und fröhlich einsetzt:

„Lob, Ehr sei Gott im höchsten Thron,
der uns schenkt seinen ein'gen Sohn.
Des freuet sich der Engel Schar
und singet uns solch neues Jahr.“

Erika Esche tritt auf die Kinder zu. In einer Hand hält sie eine große Tüte mit selbst gebackenen Plätzchen, die andere hat sie hinter dem Rücken versteckt. Ihre Augen sind dabei nur auf Friedrich gerichtet. Der hat keine Ahnung, was ihn erwartet und welche Strafe ihm droht, aber etwas Schlimmes wird es allemal sein, so viel steht für ihn fest.

Dicht vor Friedrich bleibt die alte Dame stehen, die rechte Hand immer noch hinter ihrem Rücken verborgen. Streng blickt sie den Jungen an, aber in ihren Mundwinkeln zuckt es verdächtig. Langsam bewegt sie ihre rechte Hand nach vorn, während Friedrich vorsichtshalber einen Schritt zurückweicht. Im nächsten Augenblick traut er seinen Augen nicht: Vor seinem Gesicht baumelt an Frau Esches Hand ein Henkelkörbchen voller blank polierter Äpfel.

„Lasst sie euch schmecken, es sind meine allerbesten Stücke, süß und saftig. Ihr habt so schön für mich gesungen und sie euch redlich verdient“, sagt sie freundlich zu den Kindern und reicht das Körbchen und die Plätzchentüte einem der großen Mädchen.

Dann lacht sie doch tatsächlich den verdutzten Friedrich an und flüstert ihm zu, leise, dass es die anderen nicht hören: „Und du, mein Lieber, nimmst im nächsten September nicht den Zaun, sondern die Gartentür. Und wenn du Appetit auf meine ‚Cox Orange‘ hast, dann klingelst du einfach bei mir. Meinetwegen bring auch deine beiden Lausbubenfreunde mit.“

Mit offenem Mund steht der Junge noch am gleichen Fleck, während die übrigen Sänger schon weiterziehen zum nächsten Haus. Er holt tief Luft, dann flitzt er den Kindern hinterher. Nach einigen Schritten bleibt er jedoch abrupt stehen, dreht sich um und ruft der alten Frau, bevor sie wieder im Haus verschwinden kann, zu: „Danke, Frau Esche, vielen, vielen Dank!“

Und damit meint er ganz sicher nicht nur die Plätzchen und den Korb Äpfel für die Kurrende.

Besuch aus Nazareth

Es geht mit Riesenschritten auf Weihnachten zu. Im alten Pfarrhaus des Dorfes herrscht rege Betriebsamkeit, nicht nur in den Gemeinderäumen und bei der jungen Pfarrersfamilie, auch oben in der kleinen Wohnung unter dem Dach.

Dort ist Hildegard Heinrich zu Hause. Die rüstige Seniorin hat eine große Leidenschaft: Sie strickt für ihr Leben gern, am liebsten Socken zum Verschenken, Socken in allen Farben, Mustern und Größen, die bei den Empfängern immer gut ankommen. Gerade ist ein dunkelrotweiß geringeltes Paar im Entstehen. Es soll noch ein Weihnachtsgeschenk werden.

Hildegard hat es sich in ihrem Sessel am Fenster gemütlich gemacht, um das Sonnenlicht des kurzen Wintertages zum Weiterstricken zu nutzen. Helle, aufgeregte Kinderstimmen dringen vom Erdgeschoss bis zu ihr hoch und übertönen mühelos das Klappern der Nadeln. Sie muss unwillkürlich schmunzeln. Offensichtlich sind die zwei Sprösslinge des neuen Pfarrers wieder einmal in voller Aktion.

Elisabeth, die muntere Dreijährige, ist alles andere als ein Kind von Traurigkeit und hält den etwas älteren Jochen mit ihren Ideen ganz schön auf Trab. Der Bruder macht mehr oder weniger begeistert fast alles mit, was seiner kreativen Schwester einfällt. Hildegard hat die beiden liebenswerten Kinder auf Anhieb in ihr Herz geschlossen. Für sie ist sie die Tante Hildi, eine Art Paten-Oma. Es würde sie gar nicht wundern, wenn das Geschwisterpärchen in Kürze bei ihr auftaucht.

Tatsächlich, die Kinderstimmen werden lauter. Kleine Füße stapfen die Treppe hoch und energisch klopft es an die Tür. Hildegard legt das Strickzeug beiseite und bittet die Kinder freundlich herein.

Sie muss schmunzeln. Die Geschwister haben sich offensichtlich als Maria und Josef verkleidet. Kein Wunder, denn im Pfarrhaus gibt es jetzt im Dezember kaum andere Themen als Adventsfeiern, Weihnachtsliedersingen und Krippenspielproben. So hat dieses Weihnachtsfieber auch die jüngsten Bewohner gepackt.

Der Junge trägt eine alte dunkle Jacke, mehrere Nummern zu groß, und Vaters ausrangierten grauen Filzhut, der ihm beim Treppensteigen fast bis auf die Nase gerutscht ist. In der Hand hält er als Wanderstock den roten Stiel vom Wischmopp.

Seine Schwester ist beinahe vollständig unter dem großen rotblau karierten Schultertuch ihrer Mutter verschwunden, das sie mit einer Hand fest zusammenhält. Unter das Tuch hat sie unverkennbar ihre Puppe gestopft. Immerhin ist Maria schwanger, und dazu gehört nun mal ein dicker Bauch, so viel hat die Kleine inzwischen gelernt.

Auf solche Art perfekt ausgestattet, ist das „heilige Paar“ nach Bethlehem – sprich: ins Dachgeschoss – marschiert.

Jochen alias Josef erzählt lang und umständlich der

aufmerksam lauschenden Tante Hildi, dass sie von weit her aus Nazareth kommen und dringend ein Zimmer brauchen. „Meine Frau bekommt nämlich ein Kind“, erklärt er schließlich, „aber jetzt ist es noch nicht da.“

Der ungeduldigen Elisabeth-Maria dauert das ganze Herumreden viel zu lange. Sie greift unter ihr kariertes Tuch, zerrt mit einem kräftigen Ruck die Puppe hervor, schwenkt sie demonstrativ an den Beinen hin und her und sagt sehr bestimmt: „Klar ist das Kind da!“

Hildegard muss sich das Lachen verkneifen über die Christkind-Blitzgeburt.

Erst später geht ihr auf, dass das kleine Mädchen, ohne es zu wissen, eine tiefe Wahrheit ausgesprochen hat: Das Kind, der Heiland Jesus Christus, ist da. Immer, auch wenn man ihn nicht sehen kann, wenn Weihnachten noch in weiter Ferne liegt oder schon längst wieder vorbei ist. Klar ist er *da!* Seit er vor mehr als zweitausend Jahren in Bethlehem geboren wurde, ist er *da* – als Bruder, als Freund, als Helfer und Tröster, als Versöhner mit Gott.

Falschgeld am Weihnachtsbaum

„Dann bis nächstes Jahr, Herr Doktor!“ Gut gelaunt verabschiedet sich der ältere Herr von seinem Zahnarzt Dr. Hartmann und der netten jungen Schwester Grit. „Ich wünsche Ihnen allen einen schönen dritten Advent und dann natürlich frohe Weihnachten!“

Im Hinausgehen nickt er auch Beate Fischer am Empfangstresen freundlich zu, bevor sich die Tür hinter ihm schließt. Der ältere Herr war der letzte Patient für heute, freitags hat die Praxis nur bis fünfzehn Uhr geöffnet.

„Was meinst du, Beate, bummeln wir noch etwas über den Weihnachtsmarkt?“, fragt Grit. „Wir könnten einen Glühwein trinken, kalt genug ist es ja.“

„Vielleicht nächste Woche, Grit.“ Beate ist in Eile und zieht schon ihren warmen braunen Mantel über. „Heute habe ich Felicitas einen Besuch versprochen. Magst du nicht mitkommen? Sie würde sich sicher freuen.“

Felicitas König ist eine ehemalige Kollegin. Bis vor ein paar Monaten hat sie halbtags in der Zahnarztpraxis mitgearbeitet. Dann eröffnete ihr Mann ein kleines Steuerbüro und sie kündigte, um dort die Schreibarbeiten zu übernehmen.

Die drei jungen Frauen hatten sich immer gut verstanden. Und so muss Grit nicht lange überlegen: „Das ist eine super Idee, natürlich komme ich mit!“

„Dann los, ich hole nur noch Lisa aus dem Kindergarten ab. Sie möchte unbedingt mit zu ihrer ‚Tante Fee‘.“

„Ja, ja, deine Tochter und Felicitas waren schon immer ein Herz und eine Seele“, lacht Grit.

Vierzig Minuten später sitzen sie alle bei Königs im Wohnzimmer. Die sechsjährige Lisa hat schon eine große Tasse heiße Schokolade bekommen, und jetzt thront sie mit einem dicken Bilderbuch auf einem kuscheligen Sessel.

Die anderen sitzen um einen niedrigen Glastisch herum, lachen und erzählen, trinken würzigen Weihnachtstee und knabbern Plätzchen. Dabei wandern Beates Augen immer wieder bewundernd und auch ein wenig neidisch im Zimmer umher. Diese tolle, geschmackvolle Weihnachtsdekoration überall! Felicitas hat doch einfach ein Händchen dafür. Alles ist perfekt aufeinander abgestimmt.

Im halbrunden Erker steht die schönste Tanne, die Beate jemals gesehen hat. Der ebenmäßige, dichte Wuchs wird noch hervorgehoben durch den sparsam, aber sorgfältig zusammengestellten Baumschmuck. Matte und glänzende Kugeln in Lila und Weiß und in drei unterschiedlichen Größen verleihen dem Weihnachtsbaum ein edles Gepräge. Harmonisch fügen sich die weißen Kerzen dazwischen.

In einem hohen weißen Porzellangefäß vor der Tür zur Terrasse stecken kräftige Tannenzweige, ebenfalls mit kleinen und größeren weißen und lila Kugeln geschmückt. Und auch das weihnachtliche Gesteck auf dem Glastisch, an dem sie sitzen, besticht durch Kerzen im gleichen violetten Farbton wie die Kugeln, ergänzt von zarten weißen Sternen. Die Anrichte zieren zwei moderne, schlanke Lichterengel aus weißem Porzellan. Daneben verbreitet ein Räucherstäbchen über einer länglichen weißen Porzellanschale den typisch weihnachtlichen Weihrauchduft.

Beate findet diese schlichte Eleganz einfach umwerfend! Nirgends entdeckt man eine bunt bemalte Pyramide, auf der Engel, Hirten oder Könige um das Christkind ihre Kreise ziehen, nirgends einen rundlichen hölzernen Räuchermann mit Kiepe auf dem Rücken und Pfeife in der Hand, nirgends eine Seiffener Kurrende oder eine Krippe mit Heiliger Familie, Hirten, Schafen, Ochs und Esel und den Weisen aus dem Morgenland. Keine pausbäckige Engelkapelle, keine farbenprächtige Madonna mit Kind stören das geschmackvolle Arrangement.

Beate ist beeindruckt – und zugleich entsetzt. Entsetzt, weil das kleine Geschenk, das sie Felicitas mitgebracht hat, so gar nicht in diese Wohnung passt. Am liebsten würde sie das bunte Päckchen schnell und klammheimlich wieder in ihre Umhängetasche stecken. Aber dummerweise löst Felicitas genau in diesem Augenblick das rote Geschenkband und holt aus dem weihnachtlich bedruckten Papier drei Baumanhänger aus dunklem Naturholz heraus: Sternförmige Rahmen umschließen Darstellungen der Weihnachtsgeschichte – Maria und Josef mit dem Kind in der Krippe, Hirten, die ehrfürchtig vor dem Christkind knien, und Könige, die an der Krippe ihre Geschenke niederlegen. Es sind hübsche geschnitzte Holzanhänger, aber sie passen in die Weihnachtsdekoration dieses Zimmers wie Gummistiefel zum Brautkleid.

Felicitas scheint sich trotzdem zu freuen, zumindest klingt ihr „Dankeschön" echt, aber Beate möchte am liebsten im Boden versinken. Bevor sie eine Entschuldigung stammeln kann, steht plötzlich die kleine Lisa vor Felicitas. Niemand hatte bemerkt, dass das Mädchen sein Bilderbuch beiseitegelegt hatte und seit geraumer Zeit aufmerksam das Wohnzimmer inspizierte.

„Wo hast du denn das Jesuskind, Tante Fee?", fragt die Kleine rundheraus.

Die Frauen schauen sich ziemlich ratlos an.

Felicitas nimmt das Mädchen in den Arm. „Ich verstehe nicht richtig, was du meinst, Lisa."

„Aber das ist doch ganz einfach, Tante Fee. Du hast das Zimmer so schön geschmückt, weil bald Weihnachten ist und das Christkind geboren wird. Du hast einen *riiiiiesigen* Tannenbaum und schöne Kugeln und viele Kerzen und die beiden großen weißen Engel, aber das Jesuskind habe ich nirgends entdeckt."

Jetzt geht Beate ein Licht auf. „Ich glaube, Lisa sucht eine Weihnachtskrippe oder so etwas Ähnliches. Jedenfalls irgendetwas mit dem Kind und Maria und Josef. Sie liebt die Weihnachtsgeschichte über alles und kann nicht genug hören über die Geburt des Jesuskindes. Na ja, wir haben zu Hause so einige Dinge dieser Art stehen, die sie bei dir wohl vermisst. Tut mir leid, Felicitas ..."

Unterdessen löst Lisa das Problem auf ihre eigene Art. Sie nimmt die drei schlichten Holzanhänger mit den

Krippendarstellungen vom Tisch, geht zu dem prächtigen Weihnachtsbaum und hängt sie einfach zwischen die eleganten lila und weißen Kugeln. Und das auch noch ganz vorn und in bester Sichthöhe – wohin Kinderarme eben reichen können.

Bevor einer der Erwachsenen reagieren kann, hat Lisa ihr Werk schon vollendet. Zufrieden dreht sie sich wieder um und sagt, die Hände in die Hüften gestemmt: „So, Tante Fee, jetzt ist alles in Ordnung. Jetzt ist das Jesuskind auch bei dir."

Grit muss schallend lachen.

Beate wird feuerrot, murmelt in Felicitas' Richtung: „Entschuldige bitte, das ist mir so peinlich …", und zitiert ihre kleine Tochter in strengem Ton an ihre Seite: „Jetzt schau dir an, was du aus dem hübschen Baum gemacht hast! Diese Holzdinger sehen dort ja aus wie … wie … Falschgeld! Nimm sie sofort wieder ab, aber sei bloß vorsichtig!"

Da spürt sie Felicitas' Hand auf ihrem Arm: „Nein, Beate, lass den Holzschmuck hängen. Soll es doch ruhig ein bisschen wie ‚Falschgeld' aussehen, das ist nicht so wichtig. Lisa hat recht, die schönste Weihnachtsdekoration, auch wenn sie noch so festlich und perfekt ist, macht noch nicht, dass es Weihnachten in uns wird. Dafür brauchen wir das Jesuskind."

Sie drückt Lisa ganz fest an sich. Das kleine Mädchen begreift gar nicht, wieso ihre geliebte Tante Fee dabei Tränen in den Augen hat. Wo Weihnachten doch ein Grund zum Freuen ist!

Die Krippenpuppe

Eigentlich ist alles wie immer am vierten Advent. Niemand in der ehrwürdigen Marktkirche ahnt, dass dieser Gottesdienst ein ganz besonderer werden wird.

Der Kirchenraum wird von Dutzenden Wachskerzen erhellt, und neben dem Altar steht ein prächtiger Weihnachtsbaum, geschmückt mit Strohsternen und unzähligen elektrischen Lichtern. Es duftet anheimelnd nach brennendem Wachs und frischem Tannengrün.

Die Mädchen und Jungen des Kinderkreises führen mit viel Begeisterung und großem Eifer ein einfaches Krippenspiel auf. Der Pfarrer spricht ein paar besinnliche Worte – nicht zu lang, natürlich! –, und die Gemeinde singt die schönen alten Weihnachtslieder. Schließlich bekommt noch jedes Kind ein hübsch verpacktes Geschenk: ein Buch, ein Spielzeug oder eine CD – die Pfarrersleute kennen die Vorlieben und Interessen der kleinen Schar. Auch Kinder, die eventuell zu Gast sind, gehen nicht leer aus. Für sie liegen große Schokoladenweihnachtsmänner bereit. So kommt es, dass sich spätestens zum Abschlusslied „O du fröhliche“ auch beim letzten Gottesdienstbesucher die rechte Weihnachtsstimmung eingestellt hat. Doch so weit ist es heute noch nicht.

Nachdem die Kinder ihre Päckchen erhalten haben, tritt der Pfarrer überraschend noch einmal vor seine Gemeinde: „Wie Sie sicher alle wissen, wollen wir im

Neujahrsgottesdienst unsere neue Gemeindehelferin vorstellen und in ihr Amt einführen. Vorhin habe ich entdeckt, dass sie schon heute unter uns sitzt. Das freut mich sehr. Ich heiße Sie herzlich willkommen, liebe Frau Hoffmann!"

Im Kirchenraum entsteht Unruhe. Köpfe werden gereckt, man schaut nach links und rechts, dreht sich nach hinten um.

Der Pfarrer schmunzelt: „Nun, ich glaube, Sie kommen am besten gleich schon einmal her zu mir, Frau Hoffmann. Unsere Gemeinde hält es offensichtlich vor Neugier nicht mehr bis zum 1. Januar aus."

Lachend erhebt sich von einer der Seitenbänke eine junge, blond gelockte Frau und begibt sich nach vorn.

„Schau dir diese langen Locken an", flüstert der Küster in der letzten Reihe begeistert seiner Frau ins Ohr. „Die hätten sie vorhin im Krippenspiel als Verkündigungsengel nehmen sollen!" Dafür erntet er einen entrüsteten Blick und einen energischen Hieb mit dem Ellenbogen von seiner Angetrauten.

„Das also ist unsere neue Gemeindehelferin, Marlene Hoffmann", stellt der Pfarrer sie unterdessen vor. Dann wendet er sich direkt an sie: „Ich nehme an, Sie sind zum ersten Mal hier in dieser Kirche im Gottesdienst?"

„Danke für die liebe Begrüßung!" Warm und herzlich klingt die Stimme der jungen Frau, und freundlich nickt sie dem Pfarrer und den Menschen in den Bankreihen zu. „Sie werden es kaum glauben, aber ich bin nicht zum ersten Mal hier. Ich war vor genau zwölf Jahren schon einmal da, auch zum Gottesdienst am vierten Advent. Dazu möchte ich gern kurz etwas sagen, wenn Sie noch ein paar Minuten Zeit haben. Darf ich?"

Hier und da sieht man zustimmendes Nicken und fast überall erwartungsvolle, gespannte Gesichter.

„Damals war ich zehn Jahre alt", beginnt der zierliche Wuschelkopf zu erzählen. „Eine Freundin aus meiner Klasse hatte mich mit in den Familien-Adventsgottesdienst dieser Gemeinde genommen. Sie war die einzige Freundin, die ich hatte. Wer wollte schon mit einem Mädchen spielen, dessen Vater wegen schwerer Körperverletzung im Knast saß und dessen Mutter trank? Kerstin störte das nicht. Sie spielte mit mir, sie half mir bei den Hausaufgaben, sie lud mich zum Kindergeburtstag ein, und manchmal ließ sie mich sogar ihre Puppe ausfahren. Das war etwas richtig Großartiges für mich, denn eine eigene Puppe besaß ich nicht. Dafür reichte das Geld bei uns nie.

Ja, und dann lud Kerstin mich in diesen Vorweihnachtsgottesdienst hier bei Ihnen ein. Es war ähnlich wie heute. Neben dem Altar stand ein wundervoll duftender und mit Sternen und Lichtern geschmückter Weihnachtsbaum und überall brannten Kerzen. Die Kinder führten ein Krippenspiel auf, und in der Krippe lag genau wie jetzt eine hübsche Babypuppe, die wohl eins der Mädchen mitgebracht hatte. Aber damals war es eine ganz funkelnagelneue Puppe."

Die Frau des Pfarrers hält es nicht mehr auf ihrem Platz in der zweiten Bankreihe.

„Das stimmt", erinnert sie sich und kommt aufgeregt nach vorn. „Es war ganz verrückt damals. Ich hatte vergessen, den Mädchen zu sagen, dass jemand die Puppe für die Krippe mitbringen sollte. Es fiel mir erst kurz vor dem Gottesdienst wieder ein. Erst wollte ich die Krippe einfach leer lassen. Dann dachte ich an die enttäuschten Augen der Kleinen. Also bin ich schnell noch einmal über die Straße in unsere Wohnung gerannt. Dort lag eine neue Babypuppe, die ich für mein Patenkind gekauft hatte und am Nachmittag als Geschenk verpacken wollte. Die holte ich kurz entschlossen und legte sie als Christkind in die Krippe. Ihr würde ja nichts passieren. Und falls doch: Heiligabend war erst in drei Tagen und somit im allerschlimmsten Fall noch genug Zeit, eine neue Puppe zu besorgen … Aber jetzt erzählen Sie weiter, Frau Hoffmann."

„Es kam der Augenblick, an dem alle Kinder nach vorn gerufen wurden, um ihre Geschenke zu erhalten. Kerstin zog mich einfach mit. Ich war offensichtlich das einzige Gastkind. Sie, Herr Pfarrer, griffen schon nach einem großen bunten Schokoladenweihnachtsmann, und ich war voller Vorfreude auf diese ungewohnte Leckerei. Aber dann gab Ihnen Ihre Frau ein Zeichen und Sie zogen Ihre Hand wieder zurück."

„Ich weiß", unterbricht die Pfarrersfrau wieder. „Ich bin damals auf das kleine Mädchen zugegangen und habe es gefragt, wie es heißt …"

„Stimmt, aber bevor ich Ihnen antworten konnte, erklärte Kerstin schon laut und deutlich, ich sei ihre

Freundin Marlene und sie habe mich mitgebracht, weil ich sonst überhaupt keine Weihnachtsfreude haben würde. Bei mir zu Hause gäbe es keine Geschenke und keine Kerzen, keine Lieder und erst recht keinen Weihnachtsbaum. Ich schämte mich, aber Kerstin hatte ja recht."

Nachdenklich schaut die Pfarrersfrau vor sich hin. „Es war seltsam damals. Ich erinnere mich noch genau, wie ich in jenem Jahr zur Krippe ging, die nagelneue Babypuppe herausnahm und der scheuen kleinen Marlene in die Arme legte. Das war völlig ungewöhnlich und überhaupt nicht geplant, aber irgendwie *musste* ich es einfach tun."

Aus der bisher mäuschenstill zuhörenden Gemeinde ist Murmeln und Getuschel zu hören. Offenbar kommt etlichen Kirchenbesuchern dieses außergewöhnliche Geschehen wieder in den Sinn.

Auch die Küstersfrau beugt sich zu ihrem Ehemann und wispert: „Das weiß ich noch, wir haben uns seinerzeit lange darüber unterhalten, wieso sie das gemacht hat!" Und er nickt zur Bestätigung, dass er sich ebenfalls daran erinnert.

Vorn erzählt Marlene Hoffmann bewegt weiter: „Ich konnte mein Glück gar nicht fassen. Sollte diese wunderbare Puppe wirklich mir ganz allein gehören? Aber noch viel, viel schöner als die Babypuppe waren die Worte, die Sie zu mir sagten: ‚Wie schön, dass du hier bist, Marlene, denn gerade zu dir will das Christkind heute kommen. Es will von nun an immer bei dir sein.' Diese Worte ließen mich nie mehr los, und sie haben schließlich mein Leben verändert.

Kerstins Vater wurde bald darauf versetzt und ihre Familie verließ den Ort. Wir Mädchen verloren uns aus den Augen, denn auch ich zog im nächsten Frühjahr in eine andere Stadt. Meine Eltern wurden geschieden. Meinen Vater sah ich nie wieder und meine Mutter war selten richtig nüchtern. Sie kümmerte sich wenig um mich. Ich hatte keine Freundin mehr, keine Spielkameraden. Nur die Babypuppe, das Kind aus der Krippe, war immer noch bei mir.

Als ich etwas älter wurde, begriff ich, dass diese Puppe ein Zeichen war für die unendliche Liebe und Geborgenheit, die Jesus mir schenken wollte und konnte. Und diesem Jesus vertraue ich seitdem mein Leben an."

Marlene Hoffmann lächelt den Menschen in den Kirchenbänken zu: „Sicher werden Sie jetzt verstehen, dass ich mich sehr freue, dass ich gerade hier in dieser Gemeinde als Gemeindehelferin arbeiten darf – und warum ich so gern schon heute am vierten Advent mit im Gottesdienst sein wollte."

Der Pfarrer reicht ihr noch einmal die Hand: „Das ist ja fast unglaublich, was Sie da erzählen! Ich hatte doch keine Ahnung … Also, jetzt freuen wir uns noch viel mehr auf Sie."

Seine Frau nimmt die neue Mitarbeiterin ohne große Worte einfach in die Arme. Der Küster in der letzten Reihe schnäuzt sich vernehmlich in sein großes weißes Taschentuch. Diesmal bekommt er keinen Seitenhieb von seiner Frau. Die nestelt selbst an einer Packung „Tempo“ herum …

Dann setzt mit strahlendem Klang die Orgel ein, und die Gemeinde singt so laut und fröhlich wie selten zuvor das obligatorische Schlusslied:

„Welt ging verloren, Christ ist geboren:
Freue, freue dich, o Christenheit!“

Rückkehr nach Hause

Warum Frank Winkler ausgerechnet in der kleinen Dorfkirche seines ehemaligen Heimatortes Zuflucht sucht, weiß er auch nicht. Vielleicht, weil er hier noch einen Rest Vertrautheit, eine Spur heiler Kindheit findet? Vielleicht auch nur, weil er einmal aus seinen vier Wänden herausmuss, einen Ort zum Abschalten braucht. Er weiß, dass die Tür der alten Kirche immer offen ist.

Auf jeden Fall ist er nicht hier, um Gott nahe zu sein. Den hat er längst aus seinem Leben gestrichen. Früher, ja, da war das anders. Da ging er hier zum Kindergottesdienst, zur Konfirmandenstunde, zur Jungen Gemeinde. Aber das ist Jahre her. Seitdem dreht sich sein Leben um andere Dinge.

Da war zuerst das Studium. Es forderte ihn, aber es machte auch Freude. Er war einer der Besten seines Jahrgangs und fand mühelos einen interessanten Job in einem größeren Unternehmen der Automobilindustrie. Dann lernte er Ulrike kennen, es war Liebe auf den ersten Blick. Sie heirateten bald, aber nur standesamtlich, denn Ulrike war nicht fromm. Frank fand das in Ordnung so, er war in den letzten Jahren ohnehin in keine Kirche mehr gekommen. Auch ohne Gott ließ es sich angenehm leben, er brauchte ihn nicht.

Kinder planten sie vorerst nicht, denn Ulrike bekam eine gute Stelle in einem medizinischen Forschungslabor und strebte nach einer Leitungsposition. Als sie die hatte, stellte sich trotz aller Bemühungen und Arztkonsultationen kein Nachwuchs mehr ein. Das war der erste Schatten über Franks Leben, er hätte gern ein, zwei Söhne oder Töchter gehabt.

Als sie beide schon weit über vierzig waren, begann es in Franks Betrieb zu kriseln. Frank schob Überstunden, arbeitete in Sonderkommissionen mit, saß auch an den Wochenenden über Umstrukturierungsplänen und Entwicklungsprojekten, studierte Marktanalysen und suchte nach neuen Absatzmöglichkeiten.

Er merkte nicht, dass Ulrike längst eigene Wege ging. Bis sie ihm schließlich beiläufig sagte, dass sie die Scheidung eingereicht hätte und ausziehen würde. Da brach Franks Welt beinahe zusammen, aber er hatte ja ohnehin fast nur noch für seine Arbeit gelebt, da würde er die Trennung von Ulrike irgendwie verkraften.

Dann kam das völlig Unfassbare für ihn: Seine Firma verkaufte einige Betriebsstätten. „Gesundschrumpfen" nannten sie es. Auch langjährige Mitarbeiter wurden entlassen, und Frank war einer der vielen, die es betraf. Aller Einsatz, alle unbezahlten Überstunden, die zahllosen für das Unternehmen durchgearbeiteten Wochenenden waren nichts wert, gar nichts. Man wolle mit frischen – und meinte wohl jungen – und innovativen Kräften ein völlig neuartiges Konzept beginnen, hieß es.

Ein paar Wochen grübelte Frank nur vor sich hin, versuchte, sich mit Kneipen- und Kinobesuchen abzulenken, aber das kostete nur sinnlos Geld und half nicht.

Irgendwann saß er ja doch wieder allein und perspektivlos in seiner Wohnung.

Heute Morgen war er einfach in sein Auto gestiegen und hierhergefahren. Und jetzt sitzt er hier in seiner leeren alten Dorfkirche, hat sich in einen dunklen Winkel der Empore verkrochen und spürt deutlich wie nie zuvor, wie allein er ist.

Beide Eltern verlor er schon vor Jahren durch einen Autounfall, Kinder hat er keine. Ulrike verließ ihn, und die Arbeit und seine Kollegen sind nun ebenfalls verloren. Die Freunde, die er einmal hatte, vergraulte er fast alle durch seine Arbeitswut. Die paar, die übrig geblieben waren, suchten in den letzten Wochen auch nach und nach das Weite.

Ist er nur hierhergekommen, um diese traurige Bilanz zu ziehen? Da hätte er wahrhaftig auch zu Hause bleiben können. Überhaupt, was hat er sich dabei gedacht, ausgerechnet in der Weihnachtszeit eine Kirche aufzusuchen? Auf dem Altar dort vorn sind große Keramikfiguren aufgebaut: Maria und Josef und das Kind in der Krippe. Links stehen ein paar Hirten mit ihren Schafen, und rechts knien Könige mit Geschenken. Auch Ochse und Esel fehlen nicht. Frank hat irgendwie das Gefühl, sie verhöhnen ihn, weil sie, das dumme Vieh, in guter Gesellschaft weilen dürfen – im Gegensatz zu ihm. Der große Tannenbaum rechts hinter dem Taufstein ist genauso geschmückt wie früher, mit einer Unzahl elektrischer Kerzen und Strohsternen in allen Größen.

Frank schüttelt über sich selbst den Kopf. Wie konnte er sich das bloß antun, in einer weihnachtlich geschmückten Kirche Zuflucht zu suchen? All das hier erinnert ihn schmerzlich an die schönen Weihnachtsfeste … früher, als seine Welt noch heil war. Es war unbedacht, dumm und total nutzlos, hierherzukommen. Er sollte schleunigst wieder hinausgehen, sich ins Auto setzen und wegfahren. Wohin, weiß er zwar nicht, aber es ist auch egal. Nichts spielt mehr eine Rolle.

Gerade will Frank von der Empore heruntersteigen, da fliegt die Kirchentür schwungvoll auf, und zusammen mit einem Schwupp kalter Luft tollt eine Horde Kinder und Teenager herein. Schnell zieht er sich wieder in die dunkle Ecke zurück, damit ihn niemand entdeckt. Auf neugierige Fragen, was er in der Kirche gesucht habe, und auf Erklärungen seinerseits hat er partout keine Lust. Also muss er wohl bleiben.

Unten im Kirchenschiff klatscht eine junge Frau mehrmals in die Hände und ruft energisch: „Okay, Leute, ihr habt genug getobt. Lasst uns anfangen!"

Die Kinder stellen sich vor dem Altar auf und proben wohl für einen der Weihnachtsgottesdienste. Frank stöhnt innerlich auf. Nur nicht noch mehr Erinnerungen an früher! Aber irgendwann muss es ja vorbei sein, dann kann er weg. Bis dahin schaltet er auf Durchzug.

Die Kinder singen, zwei spielen auf Blockflöten, dann sagen mehrere der Teenies zusammen das Lied „Ich steh an deiner Krippe hier" auf, jeder eine Strophe. Eines der Mädchen hat dabei offensichtlich Probleme. Als es zum zweiten Mal an der gleichen Stelle hängen bleibt, wird Frank ungewollt aufmerksam.

Das Mädchen stampft wütend mit dem Fuß auf: „Das darf doch nicht wahr sein! Ich kann den Text längst im Schlaf vortragen! Wieso bleibe ich heute dauernd hängen?"

„Dann versuch es einfach noch einmal, du wirst sehen, jetzt klappt es", macht die Frau ihm Mut. Das Mädchen beginnt zum dritten Mal:

„Wann oft mein Herz im Leibe weint
und keinen Trost kann finden,
rufst du mir zu: ‚Ich bin dein Freund,
ein Tilger deiner Sünden.
Was trauerst du, o Bruder mein? …'"

Wieder bleibt das Mädchen stecken, aber das registriert Frank nicht. Er hat nur einen Gedanken: Das Kind hat mich gesehen! Aber woher weiß es von meiner Verzweiflung und Traurigkeit? Vorsichtig schaut er über die Emporenbrüstung nach unten. Niemand blickt in seine Richtung, auch das Mädchen nicht.

Ermutigt von den anderen fängt es zum vierten Mal an und bringt nun endlich seine Strophe auch zu Ende:

„Wann oft mein Herz im Leibe weint
und keinen Trost kann finden,
rufst du mir zu: ‚Ich bin dein Freund,
ein Tilger deiner Sünden.

Was trauerst du, o Bruder mein?
Du sollst ja guter Dinge sein,
ich zahle deine Schulden.'"

Frank hockt in seiner Ecke, wie vom Donner gerührt. Da sind sie, der Trost, die Hilfe, die neue Hoffnung, nach denen er so sehr gesucht hat! Und plötzlich sieht er sich wieder als Konfirmand vor dem gleichen Altar stehen, dort, wo das Mädchen eben die tröstliche Liedstrophe aufsagte. Viermal musste er sie anhören! Er hört in der Erinnerung, wie sein Pfarrer ihm seinen Konfirmationsspruch nennt: „Gott spricht: Ich will dich nicht verlassen noch von dir weichen."

Da schluchzt Frank Winkler auf. Es stört ihn nicht, ob man ihn vielleicht hört und dann finden wird. Das ist jetzt nebensächlich. Das einzig Wichtige ist, dass er nach Hause gefunden hat. Nicht nur in seine alte Kirche, sondern nach Hause zu Gott.

Er begreift, dass Gott immer da war, obwohl er selbst sich so lange von ihm ferngehalten hat. Trotzdem lässt Gott ihn jetzt nicht schadenfroh stehen. Er hat ihn in seiner Leere und Einsamkeit, mitten in den Trümmern seines Lebens aufgesucht und ihn wissen lassen: „Ich bin dein Freund." … Und: „Du sollst ja guter Dinge sein."

Keins seiner Probleme ist damit gleich gelöst, aber die Zukunft scheint nicht mehr so hoffnungslos. Er weiß jetzt: Ein starker Gott steht mir zur Seite. Der Gott, der zu Weihnachten als Mensch geboren wurde, um mir und allen, die an ihn glauben, ein Bruder zu sein.

Die Stollen-Tradition

Jedes Jahr, wenn spätestens im Oktober die ersten Weihnachtsstollen in den Regalen der Supermärkte liegen, muss Katharina an ein Erlebnis aus ihrer Kindheit denken. Damals war sie etwa sechs oder sieben Jahre alt, und in ihrer Heimat war es noch üblich, die Weihnachtsstollen selbst zu backen. Genauer gesagt, man ließ sie mit den eigenen Zutaten vom Bäcker backen. Wie jede Familie hatte auch Katharinas Mutter dafür ihr ganz spezielles und sorgfältig gehütetes Rezept.

Die Stollenbäckerei fing damit an, dass zu Hause in der Küche alle Zutaten vorbereitet wurden. Mehl und Butter mussten abgewogen werden, Rosinen gewaschen, Zitronat gewürfelt, Mandeln abgezogen und klein geschnippelt … Katharina war mächtig stolz darauf, dass sie in jenem Jahr zum ersten Mal mithelfen durfte. Dabei war das eigentlich nur recht und billig, denn obwohl sie noch ein kleines Mädchen war, galt sie als der größte Stollenfan in ihrer Familie.

Am nächsten Morgen wurden alle Zutaten zum Bäcker gebracht. Der verarbeitete sie zu einem zähen Teig, formte daraus zehn Weihnachtsstollen und schob sie in den Backofen. Nachmittags, als sie richtig ausgekühlt waren, konnten die guten Stücke abgeholt werden. Ganz vorsichtig transportierte Katharina zusammen mit ihrer Mutter die zehn Stollen auf dem großen Schlitten nach Hause. Das frische Backwerk musste behutsam behandelt werden, fast wie rohe Eier, denn es sollte ja nicht zerbrechen.

Danach lagerten die Stollen bis Weihnachten im kühlen Keller in einer ausgedienten Holzwanne – fachgerecht eingepackt, damit sie ja nicht austrockneten. Die ganze Zeit über hatte Katharina den wunderbaren Stollenduft in der Nase. Wenn sie nur bald davon essen könnte! Sie liebte Stollen über alles. Aber sie musste sich noch eine Weile gedulden. Sie wusste genau: Erst am Heiligen Abend vormittags wurde der erste Stollen in die Küche geholt, mit zerlassener Butter bepinselt, dünn mit klarem Zucker und darüber ganz dick mit Puderzucker bestreut.

Es war in ihrer Heimat seit jeher Brauch, den ersten Stollen am Nachmittag des 24. Dezember anzuschneiden, nicht schon Wochen oder gar Monate vorher wie heute. Schließlich ist dieses Backwerk das Symbol für das in Windeln gewickelte Christkind. Und das wird nun einmal erst zu Weihnachten geboren.

Katharina wusste das, aber in der Woche nach dem zweiten Advent hatte sie so großen Heißhunger auf Stollen, dass sie die Mutter immer wieder bestürmte, schon jetzt einen anzuschneiden. Doch alles Betteln half nichts, die Mutter blieb fest: Mit der alten Tradition wurde nicht gebrochen. Kein Stollen vor dem 24. Dezember!

Endlich kam der Heilige Abend – und Katharina lag schwer krank mit einer schlimmen Gelbsucht im Bett. Essen konnte sie nichts, schon gar keinen Weihnachtsstollen. Ihre Mutter machte sich nicht nur schwere Vorwürfe, sie zog auch ihre Konsequenzen. Von nun an wurde in ihrem Haus der erste Stollen schon im Advent angeschnitten.

Katharina hält es heute in ihrer eigenen Familie genauso. Sie ist der Meinung, dass Brauchtum und Rituale sehr schön und durchaus erhaltenswert sind, aber sie sollten nicht über unser Leben bestimmen. Manchmal ist es einfach richtiger, aus Liebe eine neue Tradition einzuführen. Allerdings im Oktober schon Stollen zu essen – das ist sogar dem Stollenfan Katharina zu früh …

Geöffnete Herzen

Brauchst du noch lange?" Ungeduldig tritt Thomas von einem Fuß auf den anderen, die Hand bereits am Griff der Wohnungstür.

Seine Frau Susanne ist eben dabei, sich die hohen warmen Stiefel zu schnüren. In dem Augenblick, als Thomas fragt, reißt der rechte Schnürsenkel entzwei.

„Jetzt ja!", schimpft Susanne wütend. „So ein Mist aber auch!" Sie pfeffert das abgerissene Stück Schuhband ärgerlich in die Ecke.

Thomas holt tief Luft: „Okay, wir sind knapp dran mit der Zeit. Zu Fuß schaffen wir es nicht mehr rechtzeitig in die Kirche. Dann fahren wir eben doch mit dem Auto. Ich hole es inzwischen aus der Garage." Während seine Frau ein anderes Paar Stiefel aus dem Schuhschrank hervorzieht, nimmt er den Autoschlüssel vom Haken neben der Tür und geht schon voraus.

Sie schaffen es, wenige Minuten vor Beginn des Gottesdienstes an der Kirche zu sein. Komisch, die Fenster sind dunkel, die Kirchentür ist zu, und niemand steht zur Begrüßung an der Treppe.

„Haben wir uns in der Zeit vertan?" Susanne blickt ratlos auf ihre Uhr. Dann entdeckt Thomas einen Zettel an der verschlossenen Tür.

„Die Gottesdienstbesucher treffen sich heute gegenüber im Gemeindesaal", liest er laut vor und zuckt ratlos mit den Schultern. „Na gut, gehen wir eben rüber."

„Das find ich aber blöd! Ausgerechnet am ersten Advent, wo es in der Kirche immer so feierlich ist, halten sie den Gottesdienst im Gemeindesaal!“ Susanne ist richtig sauer.

Nach Gottesdienst sieht es dort aber gar nicht aus. Die Menschen stehen in kleinen Gruppen zusammen und rätseln erregt, was das Ganze soll. Dazwischen flitzen quietschend und lachend Kinder herum. Einige ältere Leute haben sich auf die wenigen Stühle an der Seite gesetzt. Thomas und Susanne entdecken Bekannte. Gemeinsam diskutieren sie über diesen seltsamen Sonntagmorgen. Als endlich der Gemeindepfarrer kommt, tritt gespannte Stille ein.

„Erst einmal wünsche ich Ihnen allen einen gesegneten ersten Advent“, beginnt er mit seiner kräftigen Stimme zu erklären. „Wie ich vermute, sind die meisten von Ihnen etwas ratlos darüber, was das Treffen hier im Gemeindesaal zu bedeuten hat.“

Zustimmendes Gemurmel und Nicken von allen Seiten bestätigen seine Worte.

„Nun, ich dachte, dass wir in diesem Jahr die Adventszeit einmal ganz anders und etwas bewusster beginnen könnten. Es wäre doch schön, wenn wir nicht einfach so aus der Unruhe und Hast und dem Druck unseres Alltags in diese Festzeit purzeln, sondern in der stillen Freude auf das Kommen unseres Heilands. Advent feiern heißt ja nicht nur, dass wir Kerzen anzünden, die Wohnung mit frischem Tannengrün schmücken und weihnachtliche Musik hören. Advent feiern heißt vor allen Dingen, dass wir unsere Herzen für Jesus öffnen, damit er neu bei uns Raum finden kann." Der Pfarrer hält kurz inne, um sich einen dicken Wollschal um den Hals zu legen. „Wir werden jetzt in aller Ruhe hinüber in unsere Kirche gehen."

Langsam und etwas unbeholfen formiert sich ein kleiner Zug.

Susanne und Thomas sind mittendrin und halten sich an den Händen. Auch sie sind aus der Hektik des Alltags gekommen und hätten sie beinahe mit in den Gottesdienst genommen. Sie hatten sich vor allem auf die feierliche Stimmung und den festlich dekorierten Kirchenraum gefreut und fast vergessen, dass es im Advent doch um so viel mehr geht.

Inzwischen sind die ersten Besucher auf den Stufen der Kirche angelangt. Da öffnet sich von innen das große Portal, heller Lichtschein dringt heraus, und der gewaltige Klang der Orgel ist weithin zu hören. Jeder kennt das Lied, das die Kantorin drinnen mit vollen Registern spielt, und während sie in die mit Tannenzweigen und Kerzen geschmückte Kirche einziehen, singen Pfarrer und Gottesdienstbesucher laut und kräftig mit:

„Macht hoch die Tür, die Tor macht weit;
es kommt der Herr der Herrlichkeit,
ein König aller Königreich,
ein Heiland aller Welt zugleich,
der Heil und Leben mit sich bringt,
derhalben jauchzt, mit Freuden singt:

Gelobet sei mein Gott,
mein Schöpfer reich von Rat."

Als alle in den Bänken Platz gefunden haben, nimmt der Pfarrer seine Bibel zur Hand und liest aus dem 24. Psalm die Verse vor, nach denen das eben gesungene Lied gedichtet worden ist. Er geht noch einmal auf die Bedeutung der Adventszeit ein und schließt mit den Worten: „Advent heißt Ankunft. Das heißt: Gott kommt zu uns, er will uns besuchen. Mehr noch, er will bei uns bleiben. Nur darum geht es in dieser Zeit, nicht um Weihnachtsmarktrummel, rührselige Lieder, Getümmel in den Kaufhäusern und Aufwand bis zur Erschöpfung beim Kochen, Backen und Saubermachen. Natürlich ist es schön, wenn auch unsere Häuser und Wohnungen festlich hergerichtet sind. Aber glauben Sie mir: Jesus kommt auch, wenn die Fenster nicht tadellos geputzt sind und wenn keine Zeit war, die Scheiben der Glasvitrine auf Hochglanz zu polieren. Für ihn ist nur wichtig, ob wir unsere Herzen für ihn öffnen."

Wie in jedem Jahr am ersten Advent steht auch heute als Schlusslied die letzte Strophe von „Macht hoch die Tür" auf dem Programm. Einige sonst eher zurückhaltende Gottesdienstbesucher, unter ihnen auch Susanne und Thomas, singen mit strahlenden Augen kräftig mit. Dafür verfällt der eine oder andere sonst lautstarke Sänger in nachdenkliches Schweigen.

„Komm, o mein Heiland Jesus Christ,
meins Herzens Tür dir offen ist.
Ach zieh mit deiner Gnade ein;
dein Freundlichkeit auch uns erschein.
Dein Heilger Geist uns führ und leit
den Weg zur ewgen Seligkeit.
Dem Namen dein, o Herr,
sei ewig Preis und Ehr.“

Eine fast perfekte Christmette

Die Einwohner von Biedersdorf lieben ihre alten Sitten und Bräuche. Die werden gehegt und gepflegt. Das gilt für den Heimatzirkel mit Männerchor und Volkstanzgruppe ebenso wie für den Handwerkerverein oder die Kirche. Zu den lieb gewordenen Traditionen gehört auch die feierliche Christmette am ersten Weihnachtstag morgens um sechs Uhr.

Selbstverständlich sollte sich die Natur an der Brauchtumspflege beteiligen. Von ihr wird erwartet, dass am frühen Weihnachtsmorgen frisch gefallener Schnee liegt. Da Biedersdorf mehr als achthundert Meter hoch liegt, ist das meistens kein Problem.

Die schärfsten Anforderungen gelten jedoch für die Christmette selbst. Die muss absolut perfekt sein. Seit Jahren, wenn nicht gar Jahrzehnten, werden in unveränderter Abfolge die gleichen Lieder gesungen und das ebenso gleiche Krippenspiel aufgeführt: Maria und Josef auf Herbergssuche, Verkündigungsengel und Hirten, drei Könige aus dem Morgenland und eine große feierliche Schlussszene im Stall. Kaum einer der Besucher hört und sieht noch wirklich hin. Aber Tradition bleibt Tradition.

So mancher Pfarrer hat schon versucht, daran etwas zu ändern. Er wählte andere Lieder aus oder modernisierte wenigstens das Theaterstück ein bisschen. Aber es blieb beim Versuch. Bei den Biedersdorfern beißt man mit solchem Ansinnen auf härtesten Granit.

In diesem Jahr wird das Wetter mit ziemlicher Wahrscheinlichkeit schon einmal nicht mitspielen, sehr zum Bedauern der Menschen. Das Thermometer zeigt bereits seit Mitte Dezember ununterbrochen nur Plusgrade. An frisch gefallenen Schnee in der Weihnachtsnacht ist nicht zu denken. Das ist Pech – aber dafür wird alles andere wieder richtig perfekt sein!

Die Darsteller des Krippenspiels können ihre Texte ausdrucksvoll aufsagen, wenn es sein muss sogar im Schlaf. Die Kostüme sind bis ins kleinste Detail gestaltet und vorbereitet. Maria trägt über ihren dunklen Locken ein frisch gebügeltes blaues Tuch mit zarter weißer Stickerei an der Kante, darunter ein leuchtend rotes langes Kleid. Zwar kann niemand sagen, wo und in welcher Bibel es steht, dass Maria ein rotes Kleid mit blauem Umhang zu tragen hat, aber dies ist ein ungeschriebenes Gesetz in Biedersdorf.

Die Könige haben ihre Gabengefäße aus Bronze, Gold und Silber auf Hochglanz poliert, und der Chor hat einige Extraproben eingeschoben, denn die Einsätze müssen reibungslos klappen. Die Soprane sind am Weihnachtstag sogar schon vor vier Uhr morgens aufgestanden, damit die Stimmen auch die höchsten Töne sauber treffen …

Die Kirche ist wie in jedem Jahr bis auf den letzten Platz besetzt. Alte und Junge – jede Altersgruppe ist vertreten. Alles läuft wunderbar und in gewohnter

Weise perfekt ab, bis ... ja, bis der dreijährige Max plötzlich unter den Hirten auf dem Feld seinen Vater entdeckt.

Voller Entzücken ruft er: „Hallo, Papa!“ Und bevor die verdutzte Mutter reagieren kann, ist der Kleine schon von ihren Knien gerutscht und nach vorn gelaufen. Als sei es die selbstverständlichste Sache der Welt, setzt er sich neben seinen Papa an das Hirtenfeuer. Nachdem der Engel die frohe Botschaft von der Geburt des Heilands verkündet hat, ist Max der Erste, der aufsteht. Er zieht seinen Vater am Arm: „Schnell, komm mit!“

Während die Hirten abziehen, werden vor dem Altar die Kulissen für die Stallszene aufgebaut. Der Chor singt mehrstimmig „Kommet, ihr Hirten“ – und die Gemeinde hat Gelegenheit, sich von der überraschenden Störung der traditionellen Feierlichkeit zu erholen. Allerdings nicht lange.

Vorn im angedeuteten Stall sitzt unterdessen die dunkelhaarige Maria an der Krippe. Ihr Josef steht daneben, auf einen langen Stab gestützt. Durch den linken Kirchengang kommen langsam die Hirten nach vorn, der kleine Max mittendrin. Gleichzeitig ziehen auf dem rechten Gang drei prunkvoll gekleidete Könige aus dem Morgenland heran. Auch einer der Könige hat einen Sohn unter den Zuschauern, und mit Entsetzen muss er zusehen, wie sein vierjähriger Moritz auf einmal neben einer Kirchenbank steht, sich wortlos zwischen seinen Vater und den nächsten Morgenländer schiebt und mit ihnen Richtung Stall schreitet. Endlich stehen oder knien alle vor der Krippe und beten nacheinander das neugeborene Jesuskind an.

Die Hirten tragen gut einstudierte Worte vor. Da will auch der dreijährige Max nicht zurückstehen. Andächtig kniet er sich nieder, faltet seine kleinen Hände und sagt laut und deutlich das Verslein auf, das er jeden Abend betet: „Ich bin klein, mein Herz mach rein, soll niemand drin wohnen als Jesus allein."

Leises Raunen und Wispern bei den Zuschauern.

Hoheitsvoll und majestätisch huldigen nun die Könige dem Kind. Insgeheim hoffen sie, dass wenigstens Moritz still bleibt. Aber der denkt gar nicht daran.

Er kniet ebenfalls mit gefalteten Händen vor der Krippe und betet das einzige Gebet, das er ohne Stocken auswendig kann: „Jedes Tierlein hat sein Essen, jedes Blümlein trinkt von dir, hast auch unser nicht vergessen. Lieber Gott, hab Dank dafür! Amen."

Totenstille macht sich im Kirchenschiff breit. Die Gemeinde verharrt im Schockzustand. Eigentlich hätte jetzt die Orgel mit einem gewaltigen Vorspiel zum nächsten Gemeindelied „Kommt und lasst uns Christum ehren ..." überleiten müssen. Aber selbst der erfahrene Kantor muss offenbar eine Schrecksekunde überwinden aufgrund der unvorhergesehenen Ereignisse.

Diese Pause nutzt die kleine Mareike, die mit ihren Eltern in der ersten Reihe auf der Empore sitzt, wo sie den besten Überblick hat. Das Mädchen ist zu dem Schluss gekommen, dass bei dieser Christmette endlich mal jeder, der möchte, mitmachen darf. Und so singt sie – etwas schief, aber laut und fröhlich – ihr Lieblingslied aus der Kindergruppe: „Alles jubelt, alles singt, alles tanzt und alles springt, dass die Freude deutlich wird und in allen Herzen klingt!“ Dazu klatscht sie glücklich in die Hände.

Endlich hat sich der Kantor auf den eigentlichen Programmablauf besonnen und greift in die Tasten der Orgel. Die ziemlich irritierte Gemeinde singt aber erst ab der zweiten Strophe mit.

Anschließend hat programmgemäß der Pfarrer das Wort. Er soll mit einer festlichen Kurzandacht die Christmette abrunden und beenden. Diesmal steht er vor dem Altar und schaut auf seinen Stichwortzettel. Doch dann schüttelt er leicht den Kopf, lächelt und faltet den Zettel wieder zusammen.

„Eigentlich, liebe Besucher, brauchen Sie von mir jetzt keine klugen Worte mehr. Die Kinder haben uns eben eindrucksvoll gezeigt, was Weihnachten wirklich bedeutet. Jesus ist für alle zur Welt gekommen. Und jeder, ohne Ausnahme, darf ganz spontan zu ihm kommen. Nicht nur die, die sich wochenlang akribisch darauf vorbereiten wie unsere Weihnachtsspieler und die Chorsänger. Oder die, die eine besondere Einladung bekommen haben wie damals die Hirten durch den Engel oder die Könige durch den Stern. Auch die dürfen kommen, die plötzlich von der Sehnsucht gepackt werden, dem Heiland ganz nah zu sein. Und die, die einfach nur teilhaben wollen an der Freude, die durch ihn in die Welt kommt.

Jeder von uns sollte wie Mareike vor Glück klatschen und singen. Ob es nun so perfekt klingt wie bei unserem

Chor oder ein bisschen schief, das ist Jesus egal. Hauptsache, es kommt aus ehrlichem Herzen."

Der Rest der Christmette verläuft wieder ganz nach Tradition. Das übliche Schlusslied „Stille Nacht, heilige Nacht" wird gesungen, gefolgt von langem, feierlichem Glockengeläut.

Als die Menschen sich nachdenklich auf den Heimweg machen, beginnt es plötzlich sanft zu schneien. „Wie kann das denn sein?", fragt einer verblüfft. „Wir haben doch mindestens sechs, sieben Grad über null!"

„Dieses Jahr ist eben alles ein bisschen verrückt und gar nicht wie immer", antwortet ein anderer.

„Stimmt", sagt jemand, „und diesmal ist alles viel schöner."

Dann stehen sie still und schauen verdutzt nach oben in den weißen Flockenwirbel. Die meisten wissen, dass es auch ohne Schnee in diesem Jahr in Biedersdorf richtig Weihnachten geworden wäre, so schön und perfekt wie selten zuvor.

Die Geschichte von Ochs und Esel

Der Kalender zeigt Samstag, den 17. Dezember. In einer Woche ist Weihnachten und es gibt noch so viel zu tun. Dabei ist Nora jetzt schon fix und fertig.

Für den Weihnachtsmarktbesuch gestern Abend hätte sie eigentlich gar keine Zeit gehabt, aber dieser Termin ist in jedem Jahr obligatorisch. Am Freitag vor dem vierten Advent bummelt sie immer mit ihrem Ehemann über den Weihnachtsmarkt, mit Zwischenstopp am Glühweinstand und an der Bratwurstbude gleich neben dem Eingang.

Dabei ist es gestern ziemlich grausig gewesen. Es regnete und sie hatten natürlich keinen Schirm dabei. Patschnass waren sie nach Hause gekommen, in den Ohren noch das grelle Bimmeln der Glocke des Losverkäufers und das schauerliche O-du-fröhliche-Gedröhn aus den Lautsprechern. Aber egal, dieser Weihnachtsmarktbummel musste einfach sein.

Gut, dass sie wenigstens schon die Weihnachtspost geschrieben hat. Sie war damit zwar am Dienstag bis nach Mitternacht beschäftigt und am nächsten Morgen völlig erledigt, aber dafür hat sie hoffentlich auch niemanden vergessen. Für alle Fälle liegen ein Dutzend Neujahrskarten bereit, falls ein Gruß von jemandem kommt, der nicht in ihrem Adressbuch steht.

Heute Vormittag hat Nora es endlich geschafft, jede

Menge Plätzchen zu backen, denn ein Weihnachtsfest ohne selbst gebackene Plätzchen ist unmöglich.

Sie überlegt, was sie alles noch kochen und zubereiten muss: für Heiligabend den Heringssalat, dann die gefüllte Gans und den Rotkohl mit Äpfeln für den ersten Feiertag, den Kaninchenrollbraten und das Gemüse für den zweiten Feiertag, später diverse Obstdesserts und natürlich eine Riesenschüssel mit Kartoffelsalat. Das wird sie alles an den ersten Abenden der nächsten Woche tun, da erklärt sie ihre Küche zum Großkampfplatz.

Für morgen ist das große Saubermachen geplant, egal, ob vierten Advent ist oder nicht. An den Wochentagen, wenn sie tagsüber arbeitet, schafft sie es nicht. Vor allem die Fenster müssen noch einmal geputzt werden. Eigentlich sind sie gar nicht so schmutzig, aber vor Weihnachten gehört sich das einfach so …

Jetzt, am frühen Samstagnachmittag, zieht sie erst einmal los, um noch die letzten Geschenke zu besorgen. Nach langem Suchen findet Nora einen freien Parkplatz im Stadtzentrum und hetzt kurz darauf durch die Geschäfte.

Bald steht sie ungeduldig in der Schlange an der Kasse im Kaufhaus, vor sich eine aufgeregte Oma, die hektisch ihre Geldbörse sucht. Hinter ihr seufzt genervt eine junge Mutter, deren kleine Tochter fröhlich neben der Kassenschlange hin und her hüpft und abwechselnd „O Tannenbaum“ und „Schneeflöckchen, Weißröckchen“ trällert. Nora findet das Mädchen süß, aber könnte es nicht etwas weniger laut sein?

Sie stöhnt in sich hinein. Müssen all diese Leute ausgerechnet hier und heute einkaufen? Wenn wenigstens nicht dieses grässliche Weihnachtsliedergedudel aus den Lautsprechern schallen würde! Wem ist im Kaufhausgetümmel schon nach „Stille Nacht, heilige Nacht" zumute? Endlich sind die Einkäufe bezahlt, jetzt nichts wie raus hier.

Draußen schüttet es wieder, was das Zeug hält. Früher hat es im Dezember wenigstens geschneit! Natürlich hat Nora auch heute keinen Regenschirm dabei, aber sie hätte sowieso keine Hand dafür frei. Schnell zieht sie die Kapuze über den Kopf, drückt die Tüten und Pakete mit den erstandenen Herrlichkeiten schützend an die Brust und eilt zum Auto, begleitet vom unvermeidlichen „Leise rieselt der Schnee" (ha-ha!) aus der offenen Kaufhaustür und „Morgen kommt der Weihnachtsmann" vom nahen Weihnachtsmarkt.

Sie wirft die Einkäufe auf die Rücksitze, rutscht hinter das Steuer und startet den Wagen. Beim Starten geht auch das Autoradio an. Nora langt hin, will es ausschalten. Noch mehr Weihnachtslieder kann sie jetzt beim besten Willen nicht ertragen. Aber auf halbem Weg hält sie inne. Da wird keine Musik gesendet, sondern jemand erzählt eine Geschichte. Der Mann hat eine warme, volle Stimme. Sie erinnert Nora ein wenig an die Stimme ihres Großvaters. Als sie noch ein kleines Mädchen war, hat er ihr oft aus ihren Bilderbüchern vorgelesen.

Interessiert hört Nora dem Erzähler im Radio zu. Es geht in der Geschichte natürlich um Weihnachten.

Offenbar unterhalten sich einige Tiere darüber, was zu Weihnachten für sie wichtig ist. Nun, zu dieser Unterhaltung könnte sie auch einiges beitragen!

Das Reh jedenfalls braucht einen Tannenbaum, sonst kann es nicht Weihnachten feiern, der Eisbär unbedingt viel Schnee, der Pfau ein neues Kleid, die Elster Schmuck – egal, ob Ring, Armband oder Kette – und der Fuchs selbstverständlich Gänsebraten.

Der Bär meint, man dürfe den Stollen nicht vergessen, und der Erzähler unterstreicht mit Bärenstimme: „Wenn es den nicht gibt und all die süßen Sachen, verzichte ich lieber auf Weihnachten."

Für den Dachs ist es das Schönste an Weihnachten zu pennen und mal ordentlich auszuschlafen.

Nora muss schmunzeln. Eigentlich kann sie alle Tiere gut verstehen.

Aber die Geschichte geht noch weiter, jetzt ist der Ochse dran. Der will saufen, mal richtig einen saufen, und dann pennen … Daraufhin versetzt ihm der Esel einen gewaltigen Tritt: „Du, Ochse, denkst du denn nicht an das Kind?" Da senkt der Ochse, wie der Mann im Radio mit tiefer Stimme berichtet, beschämt seinen Kopf und sagt: „Das Kind, ja, das Kind, das Kind ist die Hauptsache."

„Übrigens", lässt der Sprecher den Esel fragen, „übrigens, wissen die Menschen das eigentlich?"

Der Erzähler hat seine Geschichte beendet, jetzt singt ein Kinderchor Weihnachtslieder. Nora merkt es gar nicht, so nachdenklich ist sie geworden. Das Gehörte hat sie tief berührt. „Das Kind ist die Hauptsache … wissen die Menschen das eigentlich?“

Klar, sie weiß es, ewig schon, aber begriffen hat sie es gerade eben erst. Weder Gänsebraten, Tannenbaum, Schnee und Stollen noch Weihnachtskarten, blank geputzte Fenster oder perfekte Feiertagmenüs sind wichtig an Weihnachten, sondern einzig und allein das Kind …

Entschlossen fingert Nora ihr Handy aus der Handtasche und wählt die Nummer ihrer Freundin: „Hallo, Evi, nur eine kurze Frage: Gehst du mit deinem Jan an Heiligabend wieder zur Christvesper? – Hör zu, Lars und ich kommen in diesem Jahr auch mit, aber es kann zeitlich knapp werden, weil ich noch bis dreizehn Uhr arbeiten muss. Haltet ihr uns bitte zwei Plätze frei? – Nein, ich habe nicht plötzlich im Zeitlotto gewonnen. Sagen wir lieber, ich habe einige Prioritäten neu verteilt. – Du freust dich? Ja, ich mich auch. Also, tschüss Evi, bis Heiligabend!“

Eine schöne Bescherung

Eigentlich müsste der Teppichboden vor dem Wohnzimmerfenster schon ein Loch haben, so oft hat Henning seit gestern dort gestanden und nach draußen geschaut.

Es schneit. Seit mehr als achtundvierzig Stunden schneit es ununterbrochen.

Am Anfang war er begeistert. Eine Woche vor Heiligabend reichlich Neuschnee – super! Vielleicht würde er ja liegen bleiben und es gäbe endlich mal weiße Weihnachten.

Inzwischen findet er den Schnee nicht mehr so fantastisch. Es ist ein bisschen zu viel des Guten.

Henning geht schon wieder zum Fenster und schaut hinaus. Normalerweise würde er um diese Zeit vor seiner 9. Klasse stehen und Mathe oder Physik unterrichten. Aber die Schule ist seit heute bis auf Weiteres geschlossen. Bei dem Flachdach des Schulneubaus besteht wegen der Schneelast Einsturzgefahr – und außerdem kommen die Kinder aus den umliegenden Orten nicht heran. Die Schulbusse haben gegen die Schneemassen ebenso wie die meisten anderen Verkehrsmittel keine Chance.

Die Straßen sind völlig zugeschneit und durch den Sturm, der seit einigen Stunden tobt, auch noch zusätzlich verweht. Was die ununterbrochen fahrenden Schneepflüge ausrichten können, ist ein Tropfen auf den heißen Stein.

Am Straßenrand parkende Autos sind unter den Schneebergen kaum noch auszumachen. Henning gehört zu den Glücklichen, die eine Garage am Haus haben. Er beschließt, sich jetzt hinaus in das Schneetreiben zu wagen und die kurze Ausfahrt zur Straße freizuschaufeln.

Er muss hinüber auf die andere Seite des Ortes zum Schlossberg-Center, dem großen Einkaufszentrum. Es wird höchste Zeit, dass er sein Weihnachtsgeschenk für Heike besorgt.

In diesem Augenblick hört er die Haustür gehen und gleich darauf die Stimme seiner Frau: „Ich bin es! Bist du da, Henning?"

Er schaut in den Flur und muss lachen, als er die weiße Gestalt sieht, die sich schüttelnd und stampfend vom Schnee befreit. Dann geht ihm auf, dass sie doch heute noch bis zum späten Nachmittag Dienst hätte.

„Schön, dass du da bist – aber wieso jetzt schon?"

Heike winkt ab: „Bei dem Wetter kommt doch kein Mensch zum HNO-Arzt! Alle bestellten Patienten haben abgesagt. Schwester Silke ist heute Morgen auch nicht aufgetaucht, sie sind in ihrem Dorf regelrecht eingeschneit. Der Doktor bleibt noch für eventuelle Notfälle, aber mich hat er schon heimgeschickt. Ehrlich gesagt, ich bin froh, dass ich da bin. Der kurze Fußweg nach Hause hat heute dreimal länger gedauert als sonst. Ich bin fast kniehoch durch den Schnee gestapft, und es schneit und weht immer weiter. Was soll das noch werden?"

„Jetzt setz dich erst mal. Ich mache uns einen Tee",

bietet Henning an. „Anschließend muss ich aber noch mal kurz weg."

„Weg? Wohin willst du denn bei diesem Schneetreiben?", wundert sich Heike.

„Keine Bange, ich will nicht weit. Nur hinüber ins Schlossberg-Center, ich habe …"

„Das kannst du vergessen", unterbricht ihn seine Frau, „das Einkaufszentrum ist dicht, geschlossen, wie deine Schule, das Schwimmbad und die Sporthalle."

„Ein Einkaufscenter wenige Tage vor Weihnachten geschlossen? Ausgerechnet jetzt, wo die den meisten Umsatz machen? Das glaubst du doch selber nicht!" Henning schaut seine Heike ungläubig an.

„Es ist trotzdem wahr. Der Riesenparkplatz kann nicht mehr geräumt werden, und der viele schwere Schnee auf dem überdimensionalen Glasdach stellt eine zu große Gefahr dar. Steht heute in der Zeitung, lies doch selbst!"

Tatsächlich, schwarz auf weiß steht es auf der Lokalseite, mit fett gedruckter Überschrift.

Eine Stunde später sitzt Henning in seinem Arbeitszimmer vor dem Computer. Nun muss er das Geschenk für Heike eben doch über das Internet kaufen.

Sie hat sich eine neue Handtasche gewünscht, rotbraun und aus feinem, weichem Leder. Heike lässt sich ihre Taschen seltsamerweise am liebsten von ihrem Mann aussuchen. Er hat ein ungewöhnlich gutes Händchen und sicheren Geschmack dafür, findet sie.

Henning hat sich auf diesen Einkauf gefreut, wollte

das gute Leder riechen und zwischen den Fingern fühlen. Daraus wird nun nichts, er hat zu lange gewartet. Aber wer rechnet in ihrem Landstrich schon mit derartigen Schneemassen?

Es dauert nur kurze Zeit, bis er im Internet fündig wird. Diese Tasche ist genau das, was er sich vorgestellt hat. Der Anbieter garantiert die Lieferung innerhalb von zwei Tagen. Es klappt also doch noch mit dem Weihnachtsgeschenk, ein Glück auch!

Schnell gibt er alle erforderlichen Daten inklusive Kreditkartennummer ein und geht auf „Bestellung abschicken". Da öffnet sich auf dem Bildschirm ein Fenster: „Aufgrund der aktuellen Wetterlage können wir die Lieferung rechtzeitig bis Weihnachten nicht gewährleisten. Möchten Sie trotzdem bestellen?"

Frustriert klickt Henning auf „Nein".

Das ist ja eine schöne Bescherung! Soll er am Heiligen Abend wirklich ohne Geschenk vor Heike stehen? Er muss sich etwas einfallen lassen, etwas, worüber sie sich wirklich freut. Und langsam nimmt in seinem Kopf eine Idee Gestalt an …

Henning hat keine Ahnung, dass seine Frau zwei Zimmer weiter mit einem ganz ähnlichen Problem zu kämpfen hat. Heike hadert mit sich selbst. Sie hat sich vor ein paar Tagen in der Herrenboutique im Schlossberg-Center zwei Kaschmirpullover zurücklegen lassen, weil sie sich beim besten Willen nicht zwischen dem hellblauen und dem bordeauxroten entscheiden konnte. Beide Farben passen gut zu Jeans und zu

Henning. Warum hat sie nicht einfach einen von beiden gekauft?

Wenn das Schneechaos weiter anhält – und laut Wetterdienst schaut es ganz so aus –, steht sie ohne Geschenk da. Das kann ja ein heiteres Weihnachtsfest werden!

Dabei hat sie ihrem Mann noch nicht einmal gebeichtet, dass es auch keinen Gänsebraten geben wird. Sowohl die Fleischtheke als auch die Kühltruhen glänzten mit gähnender Leere, als sie vorhin auf dem unverhofft frühen Heimweg im Supermarkt vorn an der Ecke vorbeischaute.

„Nein, bis Weihnachten kommt kein Geflügel mehr herein, tut mir leid. Der viele Schnee, Sie wissen schon …" Der Fleischverkäuferin ist es sichtlich peinlich, aber sie kann ja auch nichts dafür. Notgedrungen hat Heike wenigstens zwei der letzten Rindsrouladen genommen. Immerhin passen sie zu den Klößen, die sie machen will, und zum Rotkraut, das sie bereits besorgt hat. Gut, dass wenigstens der Weihnachtsbaum schon auf dem Balkon steht!

Trotz fehlendem Festtagsbraten und nicht gekaufter Geschenke wird es schließlich doch Weihnachten. Am Nachmittag des Heiligen Abends lassen sich Heike und Henning am kerzengeschmückten Wohnzimmertisch Kaffee, Plätzchen und Lebkuchen schmecken. Danach ist bei ihnen normalerweise Bescherung. Normalerweise …

Zur Überraschung beider fällt sie auch in diesem Jahr nicht aus. Henning legt ein Päckchen in Größe eines Schuhkartons vor seine Frau. „Bitte etwas vorsichtig auspacken", sagt er dazu.

Sie ist gespannt und neugierig. Die gewünschte Ledertasche jedenfalls kann nicht darin sein. Heike zieht die große rote Schleife auf, entfernt bedächtig das bunte Weihnachtspapier und hebt den Deckel ab. Dann stößt sie einen Freudenschrei aus: „Mein alter Engel! O wie schön!"

Behutsam greift sie mit beiden Händen in den Karton und holt einen bunt bemalten Lichterengel aus Holz heraus. Einst hatte er ihrer Großmutter gehört, und weil Heike ihn schon als kleines Mädchen so liebte, bekam sie ihn von ihr geschenkt. Beim letzten Umzug vor etlichen Jahren war ihr der Engel aus der Hand gerutscht und kaputtgegangen. Ein Arm war abgebrochen, beide Flügel in Stücken, Kopf und Rumpf getrennte Teile.

Sie hatte geweint und ihn immer reparieren wollen, aber mit der Zeit war er in Vergessenheit geraten. Jetzt hatte Henning ihren Engel für sie repariert!

„Danke! Das ist das schönste Weihnachtsgeschenk, das du mir machen konntest!", jubelt sie noch einmal und küsst ihren Mann. „Ich habe aber auch ein Geschenk für dich." Sie drückt ihm eine ziemlich schwere Weihnachtsgeschenktüte in die Hand.

Als Henning hineinlangt, knistert es. Er ertastet eine unförmige Folientüte, die offenbar mit Murmeln gefüllt ist. Aber dem Murmelalter ist er längst entwachsen, es muss etwas anderes sein. Er zieht die Tüte heraus und staunt nun seinerseits: „Du hast mir Rumkugeln gemacht, deine berühmten leckeren Rumkugeln! Du hast ja keine Ahnung, wie sehr ich mich darüber freue!"

Hennings Vorliebe für diese besondere Leckerei ist im gesamten Freundeskreis bekannt. Alle wissen, dass es die Rumkugeln nach Heikes ganz speziellem Rezept waren, die die beiden seinerzeit zusammenbrachten. Er hatte bei einem gemeinsamen Bekannten diese Süßigkeit genascht und sich sofort in die Frau verliebt, die solche Herrlichkeiten herstellen konnte.

Seit Jahren hatte Heike keine mehr gemacht. Sie fand, es sei schade um die Zeit, nur einer Nascherei wegen stundenlang in der Küche zu stehen.

Und jetzt hat sie so viel Zeit investiert, nur um ihm eine Freude zu machen. Henning ist sprachlos.

Heike hat schon wieder ihren neuen alten Engel in den Händen. Ihre Augen strahlen: „Wie schön er geworden ist! Du hast sicher lange daran gefeilt, geklebt und gemalt, stimmt's?“

Ihr Mann kann nicht antworten, weil er gerade verzückt seine dritte Rumkugel nascht.

Irgendwann später sagt Henning: „Es tut mir leid, dass ich dir die neue Tasche nicht schenken konnte. Du bekommst sie später, versprochen!“

„Die Handtasche? Vergiss es! Eigentlich habe ich genug davon im Schrank, und was du mir heute geschenkt hast, ist tausendmal schöner und wertvoller als alle Ledertaschen der Welt. In diesem Engel steckt nämlich Liebe drin, ganz viel Liebe.“

„Ist das nicht eigentlich das Wichtigste an Weihnachten: Liebe verschenken? In deinen Rumkugeln für mich finde ich auch welche, und zwar reichlich!“

„Oh, jetzt verwechselst du aber was. Was darin steckt, das heißt ‚Kalorien'!", neckt Heike ihn, bevor sie vor Glück und Rührung weinen muss. Denn Tränen an diesem wunderschönen Weihnachtsabend müssen ja nun wirklich nicht sein …

Zeitungsbekanntschaft

Sie bleibt noch ein paar Augenblicke hinter der Tür stehen und lauscht auf die sich entfernenden Schritte des jungen Mannes, der die Treppe zu seiner Wohnung hochsteigt.

Der junge Mann ist um die sechzig, seine Frau ebenfalls, aber für Leonore Schmidt mit ihren achtundachtzig Jahren sind das junge Leute. Es ist eben alles relativ.

Oder nein, alles wohl doch nicht! Denn dass sie noch einmal einen so schönen, gemütlichen und harmonischen Weihnachtsabend erleben durfte wie heute – das ist nicht relativ, sondern echt und wirklich.

Angefangen hat alles im Frühsommer an den Mülltonnen vor dem Haus …

Leonore Schmidt will eben einen Stoß ausgelesener Tageszeitungen in die blaue Papiertonne befördern, da wird sie mit einem freundlichen Gruß von dem Mann aus dem vierten Stock angesprochen. Sie kennt ihn flüchtig vom gelegentlichen Sehen.

„Entschuldigung, ist bei diesen Zeitungen, die Sie gerade wegwerfen wollen, zufällig die Ausgabe vom Freitag dabei? Ich würde mich nämlich für zwei bestimmte Sportberichte interessieren."

„Ja, die ist dabei. Warten Sie, ich habe sie gleich." Die alte Dame sucht bereitwillig die Freitagszeitung heraus und reicht sie ihm.

„Das ist aber nett, vielen Dank! Wir haben zwar die

Tagespresse vor längerer Zeit abbestellt, aber ab und zu stehen doch Informationen drin, die man gern lesen würde."

Leonore Schmidt überlegt kurz, dann bietet sie an: „Wissen Sie, ich lese jeden Morgen gleich nach dem Frühstück das, was mich interessiert. Dann bringe ich die Zeitung zum Altpapier. Wenn Sie mögen, kann ich sie auch stattdessen in Ihren Briefkasten stecken."

Der Jüngere ist überrascht. „Das wäre ja toll! Aber es muss wirklich nicht jede Ausgabe sein. Nur gelegentlich die vom Wochenende und vom Montag, da sind die meisten Sportberichte drin."

„Ich mach das gern, kein Problem. Sie müssen mir nur noch Ihren Namen sagen ... wegen des Briefkastens, wissen Sie."

„O ja, klar, wir heißen Lehmann. Und Sie sind ...?"

„Ich bin Leonore Schmidt aus dem ersten Stock rechts."

Damit sind die Fakten geklärt. Seit diesem Tag bekommen Lehmanns regelmäßig gegen Mittag die Zeitung in ihren Briefkasten gesteckt. Hin und wieder bringen sie einen kleinen Gruß als Dankeschön bei Frau Schmidt vorbei. Blumen oder frisches Obst aus ihrem Garten oder eine Kostprobe selbst gebackener Plätzchen, denn eine Bezahlung, auch teilweise, lehnt die alte Dame strikt ab.

Anfang Dezember erfahren Lehmanns, dass ihre Kinder aus beruflichen Gründen nicht schon am Heiligen Abend, sondern erst am zweiten Weihnachtstag zu Besuch kommen können. Da schmieden sie heimlich und voller Vorfreude einen Plan.

Durch manches Gespräch wissen sie inzwischen, dass Leonore Schmidt weder Kinder noch Enkel oder andere nahe Verwandte hat. Das schließt natürlich nicht aus, dass sie das Weihnachtsfest trotzdem mit lieben Menschen zusammen verbringt, aber durch eine geschickte Frage erfährt Frau Lehmann, dass die alte Dame an diesen Tagen ganz allein sein wird. Genau wie in den vorhergehenden Jahren auch.

Der Geheimplan wird konkretisiert.

Für Lehmanns steht fest, dass ihre großzügige Zeitungslieferantin den Heiligen Abend keineswegs allein verbringen soll. Gleichzeitig ahnen sie jedoch, dass Frau Schmidt gerade für diesen Abend niemals eine offizielle Einladung annehmen würde. Aber Liebe macht bekanntlich erfinderisch, also greifen sie zu einer List.

Am frühen Abend des 24. Dezember klingelt Herr Lehmann an Leonore Schmidts Wohnungstür und spielt den Aufgeregten.

„Frau Schmidt", sagt er, als sie öffnet, „wir haben oben ein Problem, und meine Frau fragt, ob Sie vielleicht hochkommen und uns helfen könnten."

Er hofft, dass die hilfsbereite Frau nicht näher nachfragt. Sie tut es zum Glück auch nicht.

„Aber natürlich, ich komme!", reagiert sie ganz spontan, langt um die Ecke nach dem Schlüssel und zieht die Tür hinter sich zu. Ohne zu zögern und forschen Schrittes folgt sie dem Jüngeren die Treppe hoch in den vierten

Stock. Die Teilnahme am wöchentlichen Seniorensport zeigt offensichtlich Wirkung.

Oben in Lehmanns Wohnung sieht es nun keineswegs nach irgendeiner Katastrophe aus, im Gegenteil! Im Wohnzimmer strahlen die Kerzen am Weihnachtsbaum, von irgendwoher kommt leise Weihnachtsmusik, und vorm Fenster lädt ein festlich gedeckter Tisch zum Essen ein.

Irritiert schaut Leonore Schmidt von einem zum andern: „Wo, bitte schön, ist denn ihr Problem?"

„Hier!" Frau Lehmann zeigt augenzwinkernd und mit übertriebenem Stöhnen auf den reichlich bestückten Tisch. „Hier ist unser Problem, Frau Schmidt. Ich habe für drei Personen gekocht und gedeckt. Wir sind aber doch nur zu zweit. Helfen Sie uns, wir packen das nicht allein."

Die alte Dame will eigentlich ablehnen, aber das schafft sie nicht, weil sie so lachen muss.

„Sie sind mir ja zwei ganz Raffinierte! Aber ich kann schließlich nicht einfach … ich meine, ausgerechnet am Heiligabend … Das geht doch nicht!"

„O doch, das geht! Bitte bleiben Sie, wir haben uns so darauf gefreut. Warum sollen Sie unten in Ihrer Wohnung allein sitzen und wir hier oben auch nur zu zweit, wenn es zusammen so viel schöner wäre!"

Leonore Schmidt lässt sich überreden und bleibt zum gemütlichen Abendessen mit Kartoffelsalat und Würstchen und allerlei anderen Leckereien. Und auch noch, als Herr Lehmann anschließend die Bibel vom Regal nimmt und die Weihnachtsgeschichte vorliest.

Unversehens kommen sie bei einem guten Glas Wein ins Plaudern. Sie erzählen und lachen, und die alte Dame lebt richtig auf, während sie in ihren Erinnerungen kramt und so manche Geschichte zum Besten gibt. Es ist fast zweiundzwanzig Uhr, als Herr Lehmann den Weihnachtsgast wieder nach unten in seine Wohnung begleitet.

Nun steht Leonore Schmidt hinter ihrer Wohnungstür und lauscht, wie die Schritte des Mannes auf der Treppe nach oben verklingen. Dass sie noch einmal einen so schönen Weihnachtsabend erleben würde, hätte sie wirklich nicht gedacht. Und dabei fing alles mit dem Altpapier an …

Cornelia Haverkamp (Hg.)

Das Weihnachtskamel
und andere Geschichten

96 Seiten, gebunden
ISBN 978-3-7655-0963-6

Ein überraschender Besucher am Heiligabend – eine nächtliche Zeitreise zu den Hirten von Bethlehem – eine Weihnachtsgeschichte aus der Sprühdose – ein perfektes Weihnachtsmenü mit Komplikationen ...

Neue Advents- und Weihnachtsgeschichten: fröhlich und anrührend, hintergründig und besinnlich geschrieben von bekannten und beliebten Autoren. Sie handeln von der Weihnachtsfreude, die manchmal auf ganz ungewöhnlichen Wegen zu uns Menschen kommt. Einige Geschichten beruhen auf persönlichen Erlebnissen der Autoren. Ideal zum Verschenken, Vorlesen bei einer Weihnachtsfeier, aber natürlich auch zum Selbergenießen.